Lettre à Pépé Charles

A5 éditions

Du même auteur :

« Entrez dans la danse »

« Retourne de là où tu viens »

« Un soir d'été en Sardaigne »

« La clé de l'embrouille

« La Miraculée »

« À l'assaut du bonheur »

Littérature jeunesse :

« Gustave »

« Lettre à pépé Charles »

« Charles et Aurélien »

« Gracieuse et Panache sont amis »

« Gracieuse et Panache à la fête de l'école »

« Gracieuse et Panache au Haras »

Pour plus d'informations sur les futures parutions de A5 Éditions, vous pouvez consulter :

Notre site : A5editions.fr

Ou nous écrire à publication@a5editions.fr

Annette Lellouche

Lettre à Pépé Charles

et

Charles et Aurélien

A5 ÉDITIONS
Saint Raphaël (83)

Roman réédité et augmenté de « ***Charles et Aurélien*** ».

ISBN : 978-2-9538640-3-8

A5 ÉDITIONS - Juin 2019

www.a5editions.fr

publication@a5editions.fr

Avant-propos

L'écriture de ***« Gustave »*** est la réalisation d'un vœu. Celui d'écrire une jolie histoire pour enfants avec des dialogues truculents. J'avais également envie de sublimer les relations intergénérationnelles.

Quoi de plus beau que de choisir pour cadre un château ?

Quoi de plus naturel que de choisir le château du Puy à Tourrettes ?

Plus exactement ce château, face auquel j'avais dédicacé pour la première fois de ma vie d'auteure, m'avait ensorcelée. J'avais l'impression qu'il possédait une âme, qu'elle me parlait et m'invitait à le faire revivre.

« Gustave » l'arbre centenaire, l'ami de tous, en fut la colonne vertébrale... ***Le lien.***

J'ai voulu aller plus loin, me lancer un défi, celui d'illustrer ***« Gustave ».*** Je l'ai enrichi de mes quelques peintures naïves à l'acrylique pour le rendre accessible et amuser les enfants.

Ainsi ma promesse de revenir dédicacer là, au pied du château et de le mettre à l'honneur fut tenue.

« Gustave » sur les rails, je décidai de passer à la suite de ma saga romanesque ***« Un soir d'été en Sardaigne ».*** Quelle ne fut pas ma surprise de recevoir un appel d'une petite fille de huit ans m'expliquant avec conviction, tant elle était entrée dans l'histoire, que mon livre ***« Gustave »*** était inachevé :

- Et après ? me questionne-t-elle

- Après ?

- Oui, après. Que se passe-t-il après ? Simon a retrouvé son grand-père, est-ce qu'ils vont se voir après ?

C'est exact, me suis-je dit. Il y a toujours un avant et un après.

Là je n'ai pas pu me soustraire à cette réflexion pleine de bon sens et j'ai écrit sans plus attendre l'histoire de cette famille. Ainsi est né : ***« Lettre à pépé Charles ».***

Une fois encore je pensais en avoir terminé... sauf que de très nombreuses lectrices m'ont fait remarquer que l'histoire n'était toujours pas... terminée. Promis, avec ***« Charles et Aurélien »,*** nous assisterons à un dénouement heureux, sur grand écran de VIE !

« Ex nihilo, nihil : Rien ne vient de rien »

Résumé - ***« GUSTAVE »***

Un jour de fête. Un jour de fête dans un village tranquille niché dans une colline. Le village des Tourrettes. Y surplombe un château. Le château du Puy d'allure assez étonnante ; deux tourelles se découpent dans le ciel bleu azuréen. Un arbre centenaire veille sur tous et plus précisément sur pépé Charles. Gustave est un chêne qui reçoit les confidences, les joies, les peines. Témoin bienveillant du murmure du vent, le faisant frissonner. Avec un peu d'imagination, on le voit opiner d'un simple mouvement de ses branches pour donner son approbation ou son désaccord. Des oiseaux venus nidifier dans ses branchages, tout comme le vent, sèment au passage les bonnes graines de la nature.

Donc, ce jour-là, la fête battait son plein lorsqu'un petit garçon, Simon, vint s'asseoir sur le banc, adossé à Gustave le chêne ami, où avait déjà pris place pépé Charles, l'ex meilleur cordonnier du canton. Un homme au passé malheureux qui ne parlait plus à personne sauf à Gustave. Un taiseux en souffrance.

Simon, à l'aide de questions pertinentes, essayait de faire parler pépé Charles. Celui-ci s'était muré depuis de nombreuses années dans son chagrin, on dira plutôt ses chagrins. Il avait perdu sa petite fille, Simone, mordue mortellement par un molosse. Noëlle son épouse, sa Cendrillon, en mourut de chagrin. Il ne lui restait plus que son fils Aurélien qui n'accepta pas la perte coup sur coup de sa sœur et de sa maman. Il voulut se transformer en justicier et harcelait le propriétaire du molosse, un ivrogne, risquant de provoquer un nouveau drame. Pépé Charles pensa bien faire en l'éloignant, et le confia à Giulia sa sœur. En bon père, il s'enquérait régulièrement de ses nouvelles dans l'espoir de le récupérer le moment venu. Sauf qu'Aurélien refusait de lui parler. Un secret les liait et les divisait en même temps. Et c'est ce secret que Simon voulait entendre de la bouche de Pépé Charles :

- Non pépé Charles n'avait pas tué l'ivrogne. Oui Aurélien avait assisté à la mort de l'ivrogne surnommé « l'irresponsable » qui s'était cogné la tête sur le tronc de Gustave. Hélas il n'avait rien dit, laissant son père se faire accuser injustement. Il était petit, il était terrorisé. Fort heureusement l'enquête judiciaire innocenta pépé Charles. Le mal était fait. Tout était consigné sur un cahier retrouvé « pas vraiment par hasard » par Simon. Un cahier noirci par Aurélien enfant et noyé de larmes égarées. Seules l'innocence et la pertinence des questions posées par l'enfant pouvaient faire lézarder le béton dans lequel pépé Charles avait emmuré son cœur. Simon annonça à pépé Charles la future naissance de sa sœur et qu'il était lui-même son petit-fils. Il voulait renouer les liens familiaux. En ce jour de fête, Aurélien son père caché derrière Gustave, l'arbre séculaire et ami, avait tout entendu et en fut très ému. Mais, il n'était pas tout à fait prêt.

Première partie

******

Lettre à pépé Charles

« La pire colère d'un père contre son fils est plus tendre que le tendre amour d'un fils pour son père ». Henry de Montherlant.

I – La rencontre

Comme tous les matins de toute son existence, Pépé Charles s'est levé à l'aube. Il aime par-dessus tout ce moment magique où la nuit cède comme à regret sa place au jour. Pas tout à fait la clarté du jour et encore un zeste de nuit. Il aime observer le ciel se parer peu à peu d'un bleu pur jusqu'au plus loin du regard et le soleil s'imposer en bousculant dame lune.

Il savoure l'instant mystérieux où l'esprit s'éveille à la vie après un long sommeil nocturne peuplé de doux visages. Sa première pensée est pour sa rencontre, la veille, avec Simon à la fête du village. La nuit ne l'a pas gommée de sa mémoire, bien au contraire ! Il en est encore tout ému. Simon, son petit-fils, cet inconnu ! Cet oiseau tombé du nid en lui pépiant une si belle confidence : il est grand-père et allait l'être à nouveau. Sa petite-fille à naître : Noëlla.

Simon et Noëlla. Il prononce à haute voix et à plusieurs reprises ces deux prénoms chargés de symboles. Simon et Noëlla, Simon et Noëlla. Quelques consonnes et voyelles transformées en son cœur en notes de musique ; ou sont-ce les battements qui en rythment le tempo ?

Ses poils se hérissent d'émotion, son cœur s'affole comme après un cent mètres, ses oreilles bourdonnent comme si mille abeilles tournoyaient autour de lui pour brouiller les ondes. Simon et Noëlla. Simon et Noëlla. Nul besoin pour Pépé Charles de se questionner. C'est une évidence ! Si son fils Aurélien a choisi de prénommer ainsi ses enfants c'est qu'il a gardé en son moi profond l'amour de ses chères disparues, Noëlle sa mère et Simone sa sœur. Les retrouvailles n'en seront que plus émouvantes. Il le fallait ! Il se le jurait ! Simon et Noëlla ! Il frissonne ! Il se secoue ! Il a envie de se recoucher ! Il ferme les yeux ! Il les ouvre à nouveau pour être sûr… sûr de quoi ? Simon et Noëlla… répète-t-il comme anesthésié ! Il suspend sa respiration une seconde, les yeux dans le vague. Le silence l'enveloppe d'un manteau douillet. Il n'a pas rêvé !

À défaut de retrouver le sommeil, sa mémoire actionne la machine à remonter le temps. Pépé Charles revoit sa petite échoppe de cordonnier héritée de ses parents. Il y avait connu le meilleur comme le pire ; cette jeune femme Noëlle arrivant chez lui, par une belle journée d'été, boitillant, un escarpin au talon cassé à la main. Elle avait joué de son charme et de son sens de la persuasion pour que le jeune cordonnier le lui réparât pour le bal du lendemain. S'ensuivit sa disparition. Un chat errant l'aida à la retrouver. Elle était en sang, elle avait été battue. Il avait usé de toute sa patience pour l'apprivoiser et la convaincre de l'épouser. Noëlla était lumineuse et irradiait de bonheur tous ceux qui l'approchaient. Elle devint la reine du village bien qu'elle vînt de la capitale ; une étrangère en quelque sorte ! Puis il connut sa plus grande fierté d'homme à la naissance de sa fille Simone. Elle était ravissante, encore plus que sa maman. Intelligente et douée. Enfin, la panoplie du bonheur s'étoffa d'un autre volet, la naissance d'Aurélien son fils, comblant son orgueil de père.

Hélas, le tableau idyllique fut de courte durée. Le diable, jaloux et vindicatif, en prit ombrage, et fit croiser à sa fille Simone, pédalant sur son vélo, un satané molosse appartenant à un ivrogne invétéré. Là, commença la chute vertigineuse vers le malheur. Les malheurs ! Le soleil déclina peu à peu. Tour à tour Simone, son adorable petite fille, ne survécut pas aux morsures du molosse et Noëlle, sa femme adorée, écrasée de chagrin, alla la rejoindre un an plus tard. Son fils Aurélien cria vengeance. Par sécurité, pépé Charles l'éloigna en le confiant à une tante dévouée. Plus tard, Aurélien refusa de revenir à la maison. Il s'éloigna sans laisser d'adresse.

La vie de Pépé Charles se brisa aussi violemment qu'une vague sur la roche dure un jour de tempête. Le reste de son existence, il le vécut comme le survivant d'un tsunami. Sans âme, sans joie ni peine, dans une hébétude totale, en semi-inconscience tel le voyageur perdu dans le désert, sans boussole, sans repère.

Dans son désert, un premier miracle, ***Gustave*** ! Un arbre planté par son aïeul. Un témoin immuable qui résiste au temps qui passe. Quand la vie à l'intérieur de la maison désertée lui devenait intolérable, Pépé Charles se réfugiait sur le banc adossé sur Gustave. Pépé Charles le prenait à témoin. Il en faisait son confident, refusant la commisération du voisinage. Dans sa détresse extrême, il hallucinait parfois. Il lui semblait entendre son feuillage bruisser en signe d'acquiescement ou de désaccord. Gustave, l'ami des mauvais jours, devenu au fil du temps l'ami de toujours.

Dans son désert, un deuxième miracle, une oasis, ***Berthe*** son amie d'enfance ! Elle avait réussi le tour de force de garder la confiance de Pépé Charles dans les moments les plus difficiles. Son humour et sa gentillesse l'aidèrent à surmonter son chagrin. Elle ne s'était jamais mariée, se dévouant corps et âme à son vieux copain. Une amitié sans faille les aida à continuer leur petit bonhomme de chemin, leur évitant de s'enfoncer dans des sables mouvants.

Sans l'arrivée providentielle de Noëlle, il aurait vraisemblablement épousé Berthe ; un mariage comme bon nombre de mariages des habitants du village. La promiscuité faisait le lit de bien des couples. Une journée de fête, une invitation à danser. Déjà, tout le monde les voyait mariés. La demande en mariage s'ensuivait inéluctablement.

Mais il n'aimait pas Berthe ! En tout cas pas « d'amour ». Avec Noëlle ce fut le coup de foudre. Comme celui qui remplissait les livres laissés par sa maman et qu'il connaissait par cœur.

II - La nature

Sitôt les pieds à terre, Pépé Charles expédie sa toilette, somme toute assez sommaire. La coquetterie n'a jamais été son fort. Il ne supporte pas le parfum obsédant que les déodorants ou les après-rasage s'entêtent à lui coller à la peau. Ça pue la cocotte affirmait-il lorsque Noëlle voulait lui en acheter. « *Un peu d'eau, du savon de Marseille et le tour est joué, au moins je sens le propre* » disait-il d'un ton péremptoire qui arrachait une jolie moue boudeuse à sa bien-aimée.

Il quitte son petit cabinet de toilette, la peau encore brillante de constellations de gouttes d'eau, allume son poste de radio en se dirigeant vers la cuisine. Il tourne d'un geste autoritaire la poignée de la fenêtre qu'il ouvre en grand. Aussitôt, par les interstices des volets, une effusion de senteurs puissantes pénètre avec précipitation dans la pièce. L'espace de quelques secondes, les yeux fermés, il reste immobile. Bien vite il sort de sa torpeur et pousse les lourds volets en bois couleur vert amande. En les entendant grincer, il suspend son geste, se disant qu'il faudrait mettre un peu de graisse dans les gonds, promesse jamais tenue car il aime bien se manifester ainsi tous les matins. Puis, comme s'il tendait les bras à la journée en une prière muette, il les repousse violemment contre les murs, de la main gauche et de la main droite en un seul mouvement. Les murs, comme pour montrer leur mécontentement, en réaction directe et inévitable, lui renvoient les volets sur la figure, comme un boomerang. Pépé Charles, alors plus lentement, accompagne les volets vers leur aire de repos de jour, en se couchant presque entièrement sur le rebord de la fenêtre.

Il respire à pleins poumons les effluves qui s'échappent des bosquets de fleurs avoisinants et viennent l'envelopper d'une bienheureuse béatitude. Dame Lune ne s'est pas totalement effacée pour laisser sa place au soleil provençal. Il sourit au quartier de lune qui règne au-dessus de sa tête. Il lui parle mais personne ne sait ce qu'il lui raconte. Un vent léger fait bruisser Gustave, le chêne ami, témoin de tous les temps, celui qui écoute les confidences, celui qui donne son avis même quand on ne le lui demande pas, celui qui a tout vu, tout entendu et qui d'un frémissement de feuilles joue les arbitres. Quand on aime la nature, cette assertion peut être crédible. Les oiseaux n'y construisent-ils pas leur nid, bien à l'abri dans le creux des bras de Gustave ? Si on ne lui donne pas à boire, l'arbre se dessèche et meurt ! Cela prouve bien qu'il est vivant ! Pépé Charles sait que même lorsqu'un arbre donne des signes de dépérissement, il suffit de lui prodiguer un peu d'amour pour qu'il reparte de plus belle ! Le toiletter, couper les bois morts pour laisser filtrer le soleil. L'arbre c'est la Vie ! Gustave s'est déployé en un V vigoureux, V comme la Victoire, comme la Vie, comme Vivant ! Un V qui laisse entrevoir au loin les fleurs, les lauriers taillés en arbres, les papillons qui virevoltent.

Gustave semble réveillé lui aussi. Le pépiement des oiseaux, les caresses furtives des écureuils qui se faufilent de branche en branche pour aller toujours plus haut et ***Chaton*** à ses pieds miaulant pour réclamer sa pâtée, l'ont sorti de son sommeil. Tout comme Pépé Charles, il apprécie la rosée du matin qui vient lui baigner ses racines qui, tels d'énormes orteils refusant de se laisser enfermer, boursouflent de bien-être sous la température ambiante douce et parfumée.

Pépé Charles d'humeur joyeuse apostrophe Gustave comme à l'accoutumée :

- Bonjour Gustave. Alors comment tu trouves Simon, mon petit-fils ? Si je m'attendais à ça ! Oh grand coquin, tu aurais pu m'en toucher deux mots. Tu ne vas pas bouder, j'espère ! Tu ne vas pas être jaloux de Simon puisque tu es notre ami à tous les deux. C'est plutôt Chaton qui va rouspéter. Mais le petit aura tôt fait de l'amadouer. Tu as vu ses yeux au petit ? Son sourire ? Son impatience ? Tout comme ma Noëlle. Quoi, tu n'es pas d'accord ? Qu'est-ce que tu racontes ? Arrête de bouger comme ça dans tous les sens ! Ah tu veux dire que c'est à moi qu'il ressemble ? Eh bien j'en suis fort aise !

Il irait bien enjamber sa fenêtre pour aller caresser le tronc de Gustave et l'embrasser de plaisir. La raison l'emporte, il n'est plus tout jeune et risquerait de se casser une jambe. Ce n'est guère le moment ! Il vient de retrouver sa famille, enfin pas tout à fait, mais il fait confiance à son instinct et l'heure n'est pas aux bêtises. Ses deux mains jointes posées sur la poitrine, Pépé Charles s'incline pour remercier Gustave.

III – « Y'a d'la joie »

- Tu parles tout seul à présent ? lui lance Berthe sa voisine en secouant sa nappe pour en extraire les quelques miettes de pain que viendront picorer les petits oiseaux.

- Mais non, c'est toi qui entends des voix. Je n'ai même pas prononcé un mot. Demande à Gustave, il te le confirmera.

- Mon pauvre Charles, avec l'âge tu ne t'arranges pas et si tu continues, ton nez va s'allonger comme celui de Pinocchio. J'ai bien entendu, va !

Il en est ainsi tous les matins. Une façon comme une autre de se saluer. C'est à croire que Berthe attendait le signal grinçant des volets pour se pencher à la fenêtre. Elle a besoin de ce contact pour bien démarrer sa journée. Charles, ce bougre d'âne si cher à son cœur ! Un dur à cuire !

Pépé Charles, tout guilleret, heureux comme il ne l'a plus été depuis si longtemps, s'affaire pour préparer son petit déjeuner. Il fredonne dans sa moustache la chanson de Charles Trenet « Y'a d'la joie ». Noëlle l'entonnait toujours de bon matin d'un air joyeux et Pépé Charles lui répondait en écho. Jusqu'au jour où cet horrible molosse vint semer le malheur dans leur chaumière, lui confisquant tout ce qui faisait sa raison d'être.

D'un geste lent, il commence à allumer son réchaud quand son esprit vagabonde vers des souvenirs lointains. Noëlle ne savait pas préparer un bon café. Soit elle mettait une dose trop importante du breuvage et pas assez d'eau, soit elle le laissait trop bouillir et il lui répétait inlassablement : « café bouillu, café foutu ». Noëlle éclatait de rire et haussait les épaules. Elle n'aimait pas le café. Elle n'en buvait jamais. Comment savoir si le sien était bon ou infâme, fort ou léger, bouillu ou foutu. C'est souvent ainsi ; il faut apprécier les choses pour les sublimer. Par contre en matière de confitures elle n'avait pas son pareil. Il faut dire que c'était la sœur de Pépé Charles, Giulia, qui lui avait donné tous les secrets de fabrication, qu'elle-même tenait de sa maman.

- C'est simple, lui avait-elle dit, pense à utiliser la bassine en cuivre qui nous vient de notre mère, c'est très important ! (Le ton de sa voix se voulant convaincant, ressemblait à celui d'une maitresse d'école). Ensuite tu prends des bons fruits mûrs, tu les laves, tu les pèses, tu y ajoutes la même quantité de sucre et tu laisses cuire le tout sur un coin du feu tranquillement.

La première fois, Noëlle laissa cuire sa confiture d'abricots si *tranquillement* sur le coin du feu qu'une odeur de caramel brûlé alerta tout le village. Les taquineries de pépé Charles et de Giulia revenaient souvent dans leurs conversations :

- Les pompiers avaient déjà hissé la grande échelle, sans parler de la Berthe qui avait accouru avec son tuyau prête à inonder la maison.

Le frère et la sœur étaient étranglés de rire !

Noëlle avait été si vexée qu'elle écouta plus attentivement les explications de Giulia. L'apprentissage se fit avec beaucoup de difficultés mais la réussite, due à la bonne volonté de Noëlle, fut au rendez-vous. À tel point que l'élève dépassa le maître. Les confitures de Noëlle faisaient saliver le voisinage. Aussi, comme il était de tradition d'offrir de jolis pots étiquetés, tout le monde en profita.

Pépé Charles pousse un soupir à pierre fendre tant ses souvenirs le meurtrissent. Il se secoue, se disant que l'heure n'est plus à la tristesse. Il ne mange plus de confitures. Bien sûr il peut les acheter à la supérette mais il n'en est pas question. Après celles de Noëlle, aucune ne serait aussi bonne. Néanmoins, il lui semble humer encore la forte odeur du sucre qui caramélise.

Un miaulement vient à point nommé le sortir de ses rêveries.

- Bonjour ! Il faut que je te parle. Hier, à la fête du village, j'ai fait la connaissance de Simon, mon petit-fils. Tu as dû nous apercevoir assis côte à côte sur le banc près de Gustave. Du reste j'ai remarqué que tu nous boudais !

Chaton miaule de plus belle, complètement hermétique aux confidences de Pépé Charles. Il a faim. Il se dresse sur ses pattes arrière et de ses pattes avant griffe la porte du réfrigérateur. Pépé Charles l'observe en souriant.

C'est que c'est malin ces petites bêtes-là, pense-t-il ému et attendri !

Une fois de plus, des souvenirs s'installent entre Pépé Charles et Chaton. Chaton qui disparaissait. Chaton qui revenait en piteux état. Chaton son fidèle compagnon qui lui avait si souvent léché le visage pour faire disparaître ses larmes. Chaton qui avait si bien rempli le vide laissé par Noëlle et Simone.

Un miaou plus strident encore le rappelle à l'ordre.

- C'est bon j'arrive hurle Pépé Charles ravi de l'avoir fait patienter. Non mais ! C'est qui le patron ici ? Je me le demande bien, bougonne-t-il en son for intérieur !

Pendant que le chat lape goulûment son lait dans le bol en fer blanc, héritage légué par Noëlle, Pépé Charles finit de préparer son café noir qu'il complètera d'un crouton de pain légèrement tartiné de beurre frais. Puis Chaton réclame sa ration de pâtée que pépé Charles lui mitonne toujours avec beaucoup d'amour.

- Tu sais ce que tu veux, mon chaton. T'es pas bête, toi ! Il ne te manque que la parole !

Heureusement d'ailleurs, sinon pauvre de moi je n'aurais plus qu'à me taire. Aujourd'hui c'est double ration. Tu te rends compte de ce qui m'arrive ? Mais au fond tu t'en moques ! Allez mange, tu ne sais pas qui te mangera. Simon ! Quel drôle de petit garçon. Il s'est assis sur mon banc pour me faire parler. Et moi bougre d'idiot, j'ai tout raconté. C'est normal ! Cela faisait tant d'années que le silence régnait sur ma vie.

Déjà Chaton a englouti sa ration ! Il commence sa toilette en léchant ses babines de sa langue râpeuse et sans crier gare tourne les talons. Sa jolie queue en panache lui donne une fière allure. Il ne va pas bien loin. Il se roule en boule au pied de Gustave et la tête dans ses pattes, tel un bébé repu, s'endort. Sa minuscule langue rose dehors.

Pépé Charles s'attarde un petit moment devant son bol vide. Les yeux dans le vague, il imagine ce que seraient les retrouvailles avec Aurélien, son fils. Il fait un rapide calcul pour évaluer combien d'années se sont écoulées depuis leur séparation.

Il ressent un serrement de cœur à se demander combien de temps il lui faudra encore attendre. Des pensées chagrines viennent l'assaillir. Et si Simon lui avait raconté des histoires ? Et si son fils n'acceptait pas de le revoir ? Et si sa belle-fille ne voulait pas s'encombrer d'un vieil homme alors que leur vie était déjà bien organisée, sans parler de l'arrivée de Noëlla, sa future petite-fille ?

Ses deux mains jointes sous le menton, Pépé Charles prie. Ses lèvres balbutient quelques prières que seul un averti pourrait traduire. *« Ma Noëlle, il n'y a que toi, de tout là-haut qui puisse arranger tout ça. Ne me laisse pas tomber, guide-moi ».* Soudain, il repousse bruyamment sa chaise. Le bruit sourd que provoque celle-ci en se renversant le fait sursauter. Il renifle pour ravaler ses larmes. Il s'empresse de débarrasser la table pour empêcher ses mains de trembler. Il pose son bol dans l'évier en grès qui aurait bien besoin d'être changé. De sévères craquelures dessinent des arabesques formant une immense toile d'araignée. Il fait couler de l'eau froide et rince sa tasse et sa petite cuiller. Il pense soudain qu'il lui faudrait racheter de la vaisselle pour recevoir décemment sa petite famille. À cette idée, il se sent soudain réconforté. Ils vont venir, c'est sûr !

D'un long regard circulaire, il réalise toutes les rénovations qu'il devrait effectuer. *« Il manque une femme dans cette maison »* en déduit-il ! Les jolis rideaux blancs en dentelle sont gris de poussière. Les murs n'ont pas été repeints depuis belle lurette. Le sol, recouvert de tomettes hexagonales en terre cuite rouge, a besoin d'un sérieux lustrage. Par contre la longue et lourde table en chêne massif qui lui vient de sa mère, ne bougera pas de là, affirme-t-il tout haut ! Bien vrai que le vernis a reçu quelques griffures, que quelques auréoles, taches de café ou de vin rouge, l'enlaidissent ; mais au moins c'est une preuve d'authenticité. Elle n'est pas prête à s'affaler les quatre pattes écartées ! Il ne va tout de même pas la remplacer par une table moderne qui ne tardera pas à vaciller sous les assauts des coudes et des jambes. Il connait la ritournelle : *« les meubles d'aujourd'hui ne tiennent pas la route »* ; alors que sa table en chêne enterrera bien des générations avant de rendre l'âme ! Il sourit à cette pensée. Sa mère lui avait tenu ce discours, lorsqu'enfant il y étalait livres et cahiers pour faire ses devoirs, pendant qu'elle piquait à la machine. Il a presque oublié son visage, mais pas sa voix, pas ses bises chaudes, pas ses caresses de mère affectueuse. Elle est partie si jeune. Son père lui avait interdit d'extérioriser son chagrin. *« Un garçon ne pleure pas »* lui répétait-il ! Pépé Charles pleurait alors en cachette.

Et il aurait dû pleurer avec son fils Aurélien, lorsque les malheurs se sont abattus sur leur famille. Il l'a éloigné, croyant bien faire !

Bon ! Assez trainé comme ça, je dois retrousser mes manches et m'activer.

Sa main fait fonction d'essuie-glace comme s'il avait besoin de s'éventer le visage. Ce sont ses souvenirs qu'il repousse énergiquement. À quoi bon ? L'heure n'est plus aux regrets mais à l'action.

Il inspire à pleins poumons pour se donner du courage. Il expire d'un grognement et muni d'un seau, d'un balai-brosse et d'une serpillière, se met à l'œuvre avec détermination.

IV - La lettre

Deux à trois semaines ne furent pas de trop pour occuper l'esprit et les bras de Pépé Charles.

- Il n'y a rien de tel qu'un fainéant qui se met au boulot, lui lance sa voisine Berthe. Tu vas recevoir la Reine d'Angleterre ou le Pape, dis-moi ?

Pépé Charles ne répond pas à ces attaques, amicales, certes. Il préfère garder le mystère pour lui. Le village entier murmure, suppute, argumente, parie, balance des rumeurs pour forcer Pépé Charles à la confidence. Rien n'y fait ! Il demeure muet comme une carpe. Seul l'ami Gustave reçoit ses soupirs, ses espoirs, ses angoisses de devoir attendre sans rien savoir de son avenir. Combien de temps encore ? Cette fois il ne laissera pas faire. Il devra réagir. Il ira frapper aux portes. Il ne veut plus continuer à vivre seul alors qu'il est le grand-père d'un si beau petit garçon avec qui il aimerait partager d'heureux moments. Il essaie déjà d'échafauder des plans sur la comète. Gustave et son cœur, à tour de rôle, lui dictent la prudence :

- Tu ne connais pas les goûts de ton petit-fils Simon. Tu ne sais pas ce qu'il aime ou n'aime pas, lui murmure Gustave.

Pépé Charles ne l'entend pas de cette oreille :

- Justement ! Nous irons à la découverte l'un de l'autre. Je lui offrirai mon expérience et lui un peu de son temps. Les plaisirs de l'un feront peut-être le bonheur de l'autre. Tout ce que la nature peut apporter de beau et de bon à un jeune garçon ! Comme la pêche par exemple. Mon fils Aurélien n'aimait pas m'accompagner à la pêche. Et ma Noëlle ne voulait pas que j'insiste. *Laisse-le, n'insiste pas s'il n'aime pas ça !* disait-elle.

Et le cœur de Charles de rétorquer :

- Ne dit-on pas tel père tel fils ? Et si Simon est comme son père et qu'il déteste la pêche ?

- Mais non ! Simon n'est pas comme ça ! Il est venu à ma rencontre. J'ai bien vu comme il a insisté pour que je lui raconte tout. Il voulait connaître son grand-père. Donc il aimera tout ce que je pourrais lui apprendre.

- Que le ciel t'entende lui souffle Gustave, un brin dubitatif et à bout d'arguments.

Le cœur à l'ouvrage, Pépé Charles astique, nettoie, repeint, en se promettant monts et merveilles. Il lui faut rattraper le temps perdu.

Une voix perfide lui souffle à l'oreille « Peut-on rattraper le temps perdu ? Peut-on obliger le partage de ses passions juste par amour » ? Oui Pépé Charles en est persuadé. Il sera un bon grand-père pour Simon. Et voilà Pépé Charles qui décroche ses rideaux pour les laver, qui décrasse ses vitres pour laisser entrer le soleil dans sa petite échoppe de cordonnier.

De temps en temps, fatigué, il va chercher un verre d'eau et le boit pensivement, assis sur son banc près de Gustave. Puis s'encourageant à haute voix : *« Allez mon Charles, tu as encore du pain sur la planche »,* il reprend le chemin du ménage.

Grimpé sur son échelle pour lessiver son plafond et pris dans ses pensées, il a failli ne pas entendre le facteur qui l'appelle en s'époumonant :

- Eh ! Charles, t'es sourd ou quoi ? Cela fait une heure que je te crie que tu as une lettre. C'est un tel événement que je tiens à te la remettre en mains propres. Tu n'as jamais reçu de courrier de ta vie et là, j'ai une lettre pour Monsieur Charles Dumont ! Alors tu descends ou pas ? Sinon je repars avec et tu iras la chercher à la poste !

Pépé Charles reste un moment figé, une main tremblante sur le montant de l'échelle et l'autre tenant la grosse éponge en suspens comme si la foudre l'avait statufié. Son cœur se met à battre la chamade, toquant si fort qu'il crut qu'il allait éclater. Sa bouche se refuse à proférer la moindre parole. Il ne peut se résoudre à descendre de son échelle. Il craint de voir s'effondrer toutes ses espérances. Pourquoi une lettre ? La curiosité étant la plus forte, il demande d'une voix méfiante :

- Pierrot, de qui la lettre ? Du percepteur ou du Père Noël ? dit-il en balbutiant, dans l'espoir un peu fou d'en deviner l'expéditeur.

- J'en sais rien, moi ! Et tu me fais perdre mon temps ! Il n'y a pas le nom de l'expéditeur mentionné au dos. Je peux te dire que c'est une écriture enfantine. Mais un enfant qui s'est appliqué ! Il y a juste une rature sur le mot Pépé. Eh doucement ! Tu vas te casser la pipe si tu rates les marches de ton escabeau. Je peux attendre un peu, mais si je ne m'abuse, c'est toi qui parais pressé d'un seul coup !

Pépé Charles ne le laisse pas plus longtemps le taquiner et chercher à deviner d'où venait la missive. Il arrache la lettre des mains du facteur et va s'enfermer dans les toilettes. C'est sa manie, s'enfermer dans les toilettes ! Son lieu de prédilection. Au moins là, il a la paix et aucun regard indiscret ou suspicieux ne peut le poursuivre !

Il se souvient qu'au décès de Noëlle, sa femme chérie, il y passa la nuit et le jour suivant et bien d'autres nuits et jours. Il se nourrissait à peine, et pleurait toutes les larmes de son corps. Berthe vint à plusieurs reprises le supplier de quitter les toilettes, en vain. Puis un jour, un miaulement le surprit et le fit réagir. Chaton était aussi maigre et malheureux que lui. Ils devinrent inséparables.

Charles tient la lettre avec ses deux mains. C'est le petit. À coup sûr ! Il la tourne et la retourne sans se décider à l'ouvrir. Le facteur a bien raison, les consonnes et les voyelles sont bien alignées. L'écriture est propre, sans aucune bavure. Il a dû utiliser un stylo à bille, pense-t-il, puisqu'il n'y a pas de taches d'encre, ni pleins ni déliés. Juste une biffure. Au départ, vraisemblablement elle était adressée à Pépé Charles Dumont. Puis le « pépé » fut surchargé par un « Monsieur ». Ce n'est pas bon signe. Ses mains tremblent. Ses yeux s'embuent. Sa gorge se noue. Ses mâchoires contractées émettent un son bizarre, comme un grincement de dents. Il reste ainsi un bon moment, ne sachant que faire.

Pierrot comprend que sa présence n'est pas des plus appréciées. Il s'attendait à des remerciements plus chaleureux. Mais son cœur d'ami lui dicte un retrait discret :

- Bon ! Il faut que j'y aille.

À reculons, il reprend son vélo et s'éloigne sans même un au revoir.

Charles prépare son déjeuner sans quitter la lettre des yeux. Il l'a posée sur le réfrigérateur et chaque fois qu'il ouvre la porte pour en sortir une denrée, il la lorgne. Au cas où elle se serait évaporée mystérieusement. Pour la énième fois il relit : Monsieur Charles Dumont – Château à Tourrettes. Il remarque ainsi que le nom de la rue n'est pas mentionné. Pour sûr que le facteur n'en a guère l'utilité. C'est là que Pépé Charles est né et a vécu toute son existence.

Pépé Charles mastique avec difficulté un morceau de pain. La viande lui parait bien coriace. Son petit couteau est pourtant bien aiguisé mais il n'arrive pas à la découper. Sûrement que l'émotion ramollit sa main. N'y tenant plus il repousse violemment sa chaise et s'empare de la pauvre missive abandonnée.

Le vieil homme introduit la pointe tranchante de la lame dans la petite ouverture sur le côté de l'enveloppe. Une enveloppe blanche, doublée d'un joli papier soyeux bleuté. Cela s'apparente à une enveloppe bien féminine. C'est probablement la maman de Simon qui la lui a donnée. Il interrompt son geste. Un tic nerveux agite sa tempe droite. Les doutes le reprennent, ses questionnements repartent de plus belle : et si elle l'avait obligé à lui dire des choses désagréables ? Et si elle ne voulait pas de sa présence chez eux, le traitant d'intrus ? Et si son fils aussi préférait se tenir éloigné ?

Il repose la lettre qui lui brûle les doigts et lui tourne le dos. Hésitant une seconde, il finit par poser par-dessus le couteau au cas où. Il se rassoit bien décidé à ne pas céder à la tentation de la lecture. Pas pour longtemps.

Bon ! Assez tergiversé se dit-il. Finissons-en !

Se ressaisissant de son couteau, il éventre d'un coup bref la double enveloppe et en extirpe un feuillet à grands carreaux. La feuille, de toute évidence, a été dérobée à un cahier d'écolier. Ce qui voudrait dire que Simon l'avait arrachée en cachette, trop rapidement. Tout son côté dentelé en est la preuve. L'enveloppe aussi, sans nul doute, il se l'était procurée en toute discrétion. L'angoisse a mué notre Pépé Charles en détective privé.

L'inspection terminée, d'un geste lent il déplie la lettre qui tremblote un peu dans ses deux mains noueuses. Il parcourt la missive d'un regard fiévreux. La première lecture rapide le laisse sur sa faim. Il la relit, pas certain d'avoir tout compris. Il essaye de deviner ce qui n'est pas écrit. Comme les mensonges pieux. Il veut retenir le temps qui efface d'un coup d'heures et de jours les promesses éphémères. Il doit gagner la bataille, coûte que coûte.

Sa double lecture achevée, Pépé Charles replie le message de Simon et reste songeur. Ses oreilles ont pris un coup de chaud comme s'il avait enfourné sa tête dans le four à pain. Ses mains se crispent à en faire craquer ses jointures. Il est ému aux larmes. « Sacré môme » pense-t-il avec une certaine fierté !

V - Berthe

Un coup de cloche intempestif le sort de sa torpeur. Pépé Charles lève les yeux et voit Berthe qui cherche à l'apercevoir à travers la vitre de la fenêtre de la cuisine, une main en visière sur le front. Le faux jour doit probablement l'incommoder. Elle s'excite comme une puce en sautillant.

Pépé Charles ne souhaite voir personne. Il veut savourer cet instant de bonheur aussi longtemps que possible. Tout seul ! Mais Berthe fait le tour et tambourine sur la porte. Elle est aussi têtue qu'une bourrique pense-t-il ! Berthe le somme d'ouvrir :

- Charles, ouvre-moi, je n'arrive pas à débloquer la serrure du vieux hangar. Mais que t'arrive-t-il qui te rend sourd à ce point ?

Charles, maugréant et fourrant prestement sa lettre dans la poche de son vieux bleu de travail, troué et rapiécé à maintes reprises par la brave Berthe, se décide à voler à son secours. Ils ont pris pour habitude de se rendre des menus services de la vie quotidienne pour alléger leur solitude réciproque.

- Tu ne peux pas te passer de moi à ce qu'on dirait, lui lance Charles sur un ton mi-amical, mi-bourru.

Berthe éclate de rire. Sa blague a parfaitement fonctionné.

- Mais non gros bêta, c'était juste un prétexte pour que tu m'ouvres ta porte et que tu me racontes. Allez ! J'écoute. Il paraît que tu as reçu du courrier ?

- Je vois que Pierrot n'a pas pu s'empêcher de propager la rumeur. J'imagine ce qu'il peut bien raconter pour faire son intéressant. Ce n'est rien cette lettre. Aucun intérêt !

- À voir ta tête chamboulée et ton corps raidi tenant un papier des deux mains tremblantes, ça m'étonnerait que ce ne soit rien. Et en plus quand tu mens ça se voit ! Té ! Va, crache le morceau !

- C'est une lettre de Simon.

- Simon c'est qui ? demande Berthe ravie d'amorcer enfin la confidence.

Elle connait tout le monde dans le village. Elle y est née, y a vécu sa vie durant et de Simon elle n'a jamais entendu parler. Ni de loin, ni de près ! Soupçonneuse, sans même attendre la réponse de Charles, elle réitère sa question :

- Dis, c'est qui Simon ? Je le connais ?

Pépé Charles n'a aucune envie de partager son précieux secret. Il en est gêné pour son amie dont le dévouement mérite un meilleur égard. Toujours les doutes qui le minent ! Il n'est sûr de rien :

Trop d'années se sont écoulées dans un silence absolu. Et si Simon lui avait raconté des histoires pour le faire parler ? Il avait du mal à croire qu'un petit garçon s'assoit près de lui, bavarde avec beaucoup de curiosité et d'un coup de baguette magique arriverait à combler tant d'années d'incompréhension ?

S'il venait à raconter cette journée de rencontre historique et qu'il s'avérait que ses espoirs n'étaient que chimères, alors oui, le village entier lui rirait au nez.

Non ! Pépé Charles est un homme fier.

Et puis c'est si beau un secret gardé jalousement. Rien que pour lui dans son cœur qui se languit. Ce soir en se couchant il repensera à ce gamin aux yeux malins, à la mèche rebelle et à la langue bien pendue. Fermant les yeux pour l'imaginer en face de lui, il lui racontera. Ils ont tant de choses à se raconter.

D'homme à homme ! Enfin presque !

Quel âge peut-il avoir ? Le lui a-t-il dit ? En tout cas il ne s'en souvient plus. Si ! Peut-être huit, peut-être neuf ou dix ans. Quel solide gaillard ! Tout comme son propre fils Aurélien au même âge.

La voix irritée de Berthe lui fait prendre conscience qu'il n'est pas tout seul et pas encore dans son lit :

- Bon je vois que tu te méfies de moi et que tu ne veux rien me dire. Pourtant je sais garder un secret, être muette comme une carpe s'il le faut ! Je m'en vais, dit-elle en soupirant, le regard triste et fuyant, les mains enfoncées dans son tablier de cuisine qu'elle porte à longueur de journée. Je te croyais mon ami !

- Tu as tort de monter sur tes grands chevaux. J'ai reçu une lettre de quelqu'un que j'avais perdu de vue et qui m'a retrouvé à la fête du village. Il s'appelle Simon. Il est venu habiter très récemment pas trop loin, voilà pourquoi tu ne le connais pas.

Pépé Charles crée une diversion en la taquinant :

- Avoue que tu n'as jamais quitté le pâté de maisons environnant, alors le village voisin c'est le bout du monde ! C'est bien toi qui te moques gentiment de tous ces vacanciers qui après avoir bravé tous les bouchons sur la route viennent nous envahir ? N'est-ce pas toi qui répètes à l'envi qu'ils feraient mieux de rester chez eux ? Que chacun chez soi et les vaches seront bien gardées. Comme si tu avais un troupeau de vaches ! Juste quelques poules qui caquettent du matin au soir, tout comme toi, tiens ! Avoue !

- Ouais ! Mais bon ce ... comment déjà ?

- Simon, répond presque à regret Pépé Charles.

Il aimerait en finir avec cette conversation qui l'agace, mais c'est sans compter sur l'opiniâtreté de la curieuse Berthe. Il use brusquement d'un subterfuge vieux comme le monde :

- Eh ! Tu n'as pas oublié quelque chose sur le feu, ça sent le brûlé on dirait ?

Berthe hausse les épaules. Elle est moins naïve qu'il n'y parait et a bien compris la ruse de son compère pour la faire déguerpir. Pire, elle est vexée ! Elle comprend que Pépé Charles essaye de la tenir à l'écart. Elle, son amie de toujours ! D'un geste de la main, elle écarte cette pensée agaçante qui la turlupine :

- Après tout c'est tes affaires ! Et s'il passait par là ton Simon, présente-le-moi. Il ferait peut-être un bon parti. Tu seras mon témoin à la noce.

Charles, se retenant d'éclater de rire, secoue la tête devant tant d'inepties débitées en quelques secondes. Il ne peut s'empêcher de ressentir un élan de tendresse pour cette femme qui incarne la bonté même.

- Qu'as-tu besoin d'un mari ? À ton âge ! Je ne te suffis plus ? On n'est pas bien comme ça ?

Pépé Charles lui passe un bras autour de ses épaules, l'embrasse d'un baiser tonitruant sur la joue et gentiment la pousse vers la porte. Il est ému plus qu'il ne voudrait se l'avouer. Il n'a plus éprouvé un tel débordement d'émotion depuis la mort de sa femme. C'est probablement l'effet Simon et ses promesses d'avenir. Un bonheur ne vient jamais tout seul ! Qui sait ?

Ouf ! Il est enfin seul ! Il repousse l'escabeau qui trône en plein milieu de la pièce. Fini les travaux pour aujourd'hui. Fini l'angoisse. Fini les interrogations. Fini les palabres. Fini !

Il lui faut réfléchir. Son imagination prend le pas sur tout le reste. Ses rêves dépassent tout entendement. Il se doit de répondre à Simon. La réalité reprend le dessus. Lui écrire, mais où ? Il ignore son adresse.

Il essaye de se remémorer sa discussion avec le petit. Lui a-t-il donné un indice ? Si ! Simon lui a parlé d'un endroit où on pêche la carpe dans un lac. Il va trouver, c'est certain. Il ira demander à Éloïse la demoiselle de la poste. Une nouvelle préposée au courrier, parachutée d'un tout petit village qui n'existe même pas sur la carte, toute timide et rougissant dès qu'un regard se pose sur elle. Elle parait bien discrète et ne cancanera pas comme Pierre, le facteur.

Il se souvient du vieux bottin qui servait de cale à sa machine à coudre. Il le récupère dans le fond de l'atelier et sort s'asseoir sur son banc, à l'ombre de Gustave. Il passe un bon moment à rechercher Monsieur Aurélien Dumont dans tout le département, ville par ville. Même Gustave ne lui est d'aucun secours. Aurélien Dumont est inconnu au bataillon du bottin ! Le jour commence à décliner.

Le soleil en se couchant, enflamme le ciel de trainées rougeâtres. Quelques oiseaux tournoient au-dessus d'eux cherchant à happer au vol des insectes, moucherons et autres. Des moustiques virulents se régalent sur sa peau qui se boursoufle sous l'effet des piqûres. Charles décide de rentrer chez lui. En passant il jettera ce bottin périmé, ce faux ami, à la poubelle.

Il aperçoit Berthe qui vient à sa rencontre, sans rancune. Elle a aligné sur un plateau deux petits verres, une carafe remplie d'un liquide jaune transparent et a agrémenté le tout de quelques olives noires parfumées aux herbes.

- Tiens mon Charles, un petit remontant qui va peut-être te délier la langue. Que cherches-tu dans ce vieux machin qui sent le moisi ? Tu l'apprends par cœur ? Sans compter qu'il est grignoté par les petites souris passées par là et qu'il est aussi vieux que toi ! Quel bêta tu fais décidément !

Charles est soulagé de la voir là, tout près de lui. Quelques minutes auparavant il sentait la solitude lui peser sur les épaules. Elle est vraiment incroyable la Berthe. Il a envie de la taquiner. De toute façon il ne lâchera aucune confidence. Promis, juré ! Il lui répond, un sourire dans ses moustaches :

- J'apprends à lire, des fois que l'envie me prenne de passer mon bac.

- Mais tu en ferais quoi de ton bac ? Une décoration pour le mur des toilettes pour les jours où tu seras de mauvaise humeur ?

- C'est toi qui vas m'y mettre de mauvaise humeur si tu continues comme ça. Allez passe-moi à boire, j'ai la gorge sèche à force de répondre à tes bêtises.

- Mes bêtises ?

Elle ne veut pas lui laisser le dernier mot. Elle a compris qu'il cherche à se défiler.

- C'est rapport à la lettre que tu te crèves les yeux à chercher dans ce machin tout pourri ? lui lance-t-elle le menton en avant, histoire de le défier.

- Ma parole, tu es pire qu'un flic à poser tes questions. Je cherche l'adresse de Simon, c'est tout !

Il se mord les lèvres. Il s'était juré de garder le silence, mais la maligne le fait toujours sortir de ses gonds.

- Ah ! Le fameux Simon, l'ami que tu as rencontré à la fête ? Il a une écriture de gamin, il a oublié de grandir ou tu me mènes en bateau ?

- Bon ! Berthe tu commences à me fatiguer ! En plus ta liqueur de citron est infâme, une vraie piquette. J'aurais préféré une bière.

- Je ne tiens pas un bar et ma piquette, comme tu dis, faite maison avec de bons citrons cueillis dans le jardin, est excellente pour la santé. Tu sais le temps que j'y passe à préparer mes liqueurs ? Ingrat !

Vexée, sachant qu'elle n'en saura pas plus cette fois-ci, elle récupère son plateau et s'en retourne chez elle.

Charles et Berthe se chamaillent tout le temps. Ils utilisent le même ton, mi-gouailleur mi-taquin, depuis qu'ils sont gamins. Mais dans le fond ils s'aiment bien et surtout s'épaulent l'un l'autre depuis le veuvage de Charles. Berthe ne s'est jamais mariée et a toujours espéré qu'un jour Charles lui passerait la bague au doigt. C'était sans compter sur l'obstination de Charles à pleurer sa femme et sa fille. Mais au fond qu'importe ! Ils vivent comme s'ils étaient mari et femme. Comme si ! Berthe soupire. Elle aurait eu le courage de tenter l'expérience, elle en mourait d'envie surtout, mais pas lui ! Ah les hommes !

VI – L'amitié

Berthe et Pépé Charles ont affronté à tour de rôle des moments difficiles. Et à tour de rôle, l'un vole au secours de l'autre. Comme un frère et une sœur. Mais voilà si Charles la traite comme une sœur, Berthe, elle, a toujours éprouvé de l'amour pour Charles. Ce n'est un secret pour personne, sauf peut-être pour Charles. Ne dit-on pas qu'il n'y a pire aveugle que celui qui ne veut pas voir ou pire sourd que celui qui ne veut rien entendre ? Et à ce propos, le pire c'est Charles qui en plus d'être aveugle et sourd, reste muet !

Berthe naquit dans une famille sans problème. Elle était l'ainée d'une fratrie de six frères et sœurs. Elle volait au secours de sa maman Hélène fatiguée par des grossesses à répétition. Jamais elle ne rechignait face à l'ampleur de la tâche. Au fond elle aimait bien pouponner « en vrai ».

Très tôt elle apprit à laver les cheveux de ses petites sœurs, à égaliser les franges quand elles gênaient la vue, à les coiffer. Par sa dextérité, elle devint une championne toutes catégories pour réaliser de jolies tresses, des queues de cheval, qu'elle liait par de beaux rubans. Quant aux petits frères et garçons du voisinage, elle ratiboisait leur chevelure sans pitié. Pour les poux disait-elle !

Très tôt, elle apprit à confectionner de bons gâteaux qui n'avaient pas le temps de refroidir et qui étaient engloutis avant même qu'elle ne les goûte. Les confitures, les soufflés, les conserves n'avaient plus aucun secret pour la vaillante Berthe. Sa maman la félicitait et l'encourageait en lui prédisant :

- Tu seras une bonne épouse et une bonne maman plus tard.

Très tôt, elle avait compris les choses de la vie et attendait le prince charmant que sa maman lui décrivait en lui racontant de belles histoires.

Tout se compliqua lorsque son papa, un beau matin quitta la maison, un baluchon sur l'épaule, sans même un adieu, un baiser, un regard en arrière. Comme chaque année, à la même époque, il partait comme saisonnier pour les vendanges durant trois semaines. « Il faut bien faire bouillir la marmite » disait la maman de Berthe comme pour excuser l'absence du père ! Cette fois-là, il ne revint pas. Il ne donna plus de ses nouvelles. Elle avait douze ans. Elle pleura longtemps en cachette. Dans le village les langues allaient bon train, soit pour plaindre la belle Hélène qui se languissait dans l'espoir de voir revenir son époux vagabond, soit pour la critiquer ouvertement en évoquant tout ce qui avait pu provoquer cette désertion, les laissant tous dans le pétrin. De toute façon, concluaient-elles, il n'y a pas de regret à avoir, c'était un propre-à-rien !

Le travail scolaire de la pauvre enfant s'en ressentit. Charles l'aidait tant qu'il le pouvait. Il la consolait et la défendait des agressions des autres enfants. Ils étaient impitoyables entre eux. Et les quolibets tombaient de tous les côtés sur la pauvre Berthe. Ils la fustigeaient :

- Eh ! Berthe aux grands pieds.

Il est vrai qu'elle avait les pieds plats et longs qui leur donnaient une forme de palmes.

- Eh ! Berthe aux gros nichons. Il est vrai qu'elle avait une jolie poitrine déjà bien formée pour son âge.

- Eh ! La bossue. Il est vrai qu'elle se voûtait pour cacher ses jolies formes bien arrondies.

Charles la prenait toujours sous sa protection. Il ne se battait jamais. Il était bien bâti. Son regard féroce et ses grandes mains qui auraient tôt fait de s'abattre sur le premier qui oserait attaquer Berthe, impressionnaient la horde d'élèves à la sortie de l'école. À son apparition, une envolée de moineaux prenait la fuite dans des cris et des éclats de rire. *Plus bêtes que méchants et peureux avec ça* disait Charles à Berthe en la consolant ! C'est à partir de ce moment-là qu'elle en tomba amoureuse ; qu'elle rêvait dans son lit des heures durant à ce que serait leur vie plus tard. C'était lui le prince charmant annoncé par sa maman. Il ne pouvait pas en être autrement.

Leur amitié était sans limite et sans faille. Berthe partageait régulièrement ses goûters avec Charles qui n'apportait jamais rien à croûter dans sa besace.

Charles, en plus de sa protection de grand frère, l'aidait à faire ses devoirs. Non pas qu'il fût plus doué qu'elle mais Berthe savait que l'orgueil de Charles était mis à rude épreuve à chaque fois qu'il acceptait une brioche ou un gâteau au chocolat de sa confection. Aussi elle faisait mine de n'avoir pas compris la leçon pour rester à ses côtés le temps des devoirs. Il partageait son savoir et elle ses sucreries. L'honneur était sauf ! Elle feignait d'ignorer que Charles devait recommencer les mêmes exercices face à sa maman. Mais tout du moins avec elle il prenait de l'avance. C'était un bon élève, jusqu'au jour où il quitta les bancs de l'école pour aller travailler avec son père à l'apprentissage du métier de cordonnier. Son avenir était tracé d'avance. Il ne s'en plaignit jamais.

Très vite, l'école l'insupporta. Elle s'ennuyait de Charles. Elle trouvait toujours un prétexte pour aller lui rendre visite dans sa boutique. Singulièrement, ses chaussures en vernis noir perdaient la petite boucle qui servait d'attache ou la petite perle qui maintenait le bracelet sur le dessus du pied ; ou encore un petit clou s'était échappé de la semelle qui forcément bâillait largement.

Berthe se souvient encore lorsque Charles perdit sa maman. Il avait une quinzaine d'années et resta muet de chagrin. Elle comprenait son désespoir. Elle l'avait déjà ressenti lorsque son propre père avait déserté la maison. Alors elle passait de plus en plus de temps à l'échoppe, essayant de lui changer les idées en lui racontant les potins de l'école.

À son tour, elle soigna jusqu'à la dernière minute sa maman et à son décès devint la nouvelle « mère » de famille de la fratrie. La solitude rapprocha les deux orphelins. Pour l'un comme pour l'autre le travail ne leur fit pas défaut. Giulia, la sœur de Charles, ne voyait pas d'un bon œil les visites fréquentes de Berthe, chacune veillant au grain. Seul Charles semblait hermétique à la rivalité de son proche entourage féminin. Il était foncièrement bon mais un brin égoïste. Son bonheur installé entre une sœur dévouée et une amoureuse discrète lui seyait à ravir.

Ce fut un talon cassé, prenant l'allure d'un héron qui bouleversa l'ordre des choses bien établies. Pour Charles, ce n'aurait dû être qu'une chaussure de plus à réparer mais la propriétaire n'était autre que Cendrillon. Le côté chevaleresque de Charles vola au secours de la belle. Il en tomba vite amoureux. Ils se marièrent et eurent deux enfants.

Sans l'arrivée de Noëlle, Berthe est certaine qu'ils auraient vécu heureux, entourés d'une grande marmaille. Mais voilà, le destin qui avait son mot à dire lui joua de sinistres tours. D'abord par l'arrivée de vacanciers venus des quatre coins de France, bruyants et sans-gêne. Qu'étaient-ils venus faire dans ce coin reculé de Provence ? Elle n'avait jamais supporté ces hordes de fous furieux qui arrivaient en terrain conquis et qui se permettaient les pires exactions. En son for intérieur, elle savait qu'elle exagérait un peu. Ce qu'elle ne supportait pas, par-dessus tout, c'était le regard un peu méprisant de ces gens de « la ville ». La Fontaine ne s'y était pas trompé avec sa fable des rats des villes et des rats des champs.

Elle se remémore cette fameuse fête où Charles errait comme une âme en peine. Il tenait d'une main un joli escarpin en vernis noir et de l'autre un mouchoir parfumé, oublié malicieusement par Cendrillon. Ses yeux scrutaient la foule à la recherche de la belle Parisienne qui l'avait invité à boire un verre en échange de la réparation de sa chaussure. Elle semblait s'être évaporée dans la nature, au grand désespoir de Charles. Elle lui avait parlé de son fiancé. Il n'en avait cure. Plus ! Il voulait connaître ce fiancé, ce rival, qui risquait de se dresser entre lui et sa belle. Pas une minute il ne se disait qu'il n'avait aucun droit sur Cendrillon. Il l'aimait, n'était-ce pas suffisant ? Il était décidé, lui le timide Charles, à se mesurer à son adversaire. Force lui était de constater qu'ils avaient disparu de la circulation.

Berthe en avait été toute soulagée. Il ne manquait plus que cela, qu'une fille de la ville vienne lui voler la vedette. Puis très vite sa joie se mua en un désespoir muet. La belle réapparut en très mauvais état. Elle avait été battue et abandonnée lâchement par son fiancé. Charles, en bon prince, sut qu'en plus d'aimer Cendrillon, il devait sauver son âme. La petite brebis égarée se métamorphosa en princesse. Et Berthe rongea son frein.

VII - À nous deux !

Berthe, en rangeant sa liqueur et sa vaisselle, met en place un plan de guerre. Elle a perdu autrefois une bataille, en laissant Charles à Noëlle. Aujourd'hui, après tant d'années d'amitié amoureuse, elle refuse de céder sa place une seconde fois. Elle sent une pulsion meurtrière l'envahir. Cela ne lui ressemble guère mais quitte à tout perdre, elle entrainerait Charles dans sa chute. Elle a plus d'un tour dans son sac. Pour commencer, elle doit à tout prix en savoir plus sur ce Simon. Une femme amoureuse est capable des pires turpitudes et elle va le prouver. Elle réfléchit sur la stratégie à adopter. Surtout ne pas montrer à Charles son inquiétude. Il ne faut jamais laisser paraître ses fêlures. Signe de faiblesse qui profiterait à l'adversaire.

La nuit ne lui a pas porté conseil. Berthe a fait grincer son vieux sommier en se tournant dans tous les sens. Jusqu'au petit matin où enfin son esprit fatigué a cessé de lutter et a trouvé la porte du sommeil et de l'apaisement. Ce court moment bénéfique de somnolence l'a aidé à imaginer une opération commando.

Charles de son côté a passé la même nuit agitée. Pas pour les mêmes raisons ! Il se demande comment il va soutirer à la petite postière l'adresse de Simon sans éveiller les soupçons et de surcroit sans faire jaser au village. Mais il n'y a pas que ça qui le turlupine. Qu'écrire à ce gamin et comment faire pour que la lettre lui parvienne directement sans passer par sa mère ? Au contraire de Berthe, le petit matin n'apporte pas à Charles sa solution miracle. Ce qui le met de fort méchante humeur, qu'il reporte sur Chaton. Seules une bourrade et une ration minable feront office de salut matinal. Chaton a tout de suite compris que quelque chose ne tourne pas rond. Il sait mieux que quiconque que « qui s'y frotte, s'y pique ». Aussi, n'insiste-t-il pas et va-t-il dormir en boule aux pieds de Gustave. Celui-ci n'a pas droit non plus au bonjour amical de pépé Charles qui claque ses volets et s'empresse de refermer ses vitres. Gustave hoche la tête d'un bruissement compatissant. Berthe n'a pas taquiné pépé Charles comme à l'accoutumée. De toute façon elle n'en a guère envie. Elle a du pain sur la planche, autant attaquer tout de suite. Le ver est dans le fruit !

Ses lèvres bougent sans laisser échapper le moindre son. Ses yeux roulent dans un mouvement rotatif. Elle réfléchit à son plan d'attaque puis s'écrie « à nous deux » comme pour s'envoyer des encouragements.

VIII – La poste

Charles revêt ses vêtements de travail. Il ne faut surtout pas attirer l'attention en se mettant sur son trente-et-un. De toute façon il y a longtemps qu'il n'a plus d'habits du dimanche. Ainsi à la fête il portait son vieux pantalon marron qu'une paire de bretelles remontait plus haut que la taille en dénudant ses chevilles enveloppées dans des chaussettes noires. Dessous, crispée sous la pression des élastiques, une chemise blanche avait perdu toute sa fraicheur. Le col et les poignets avaient été plusieurs fois retournés, par souci d'économie. Les boutons perdus étaient remplacés sans souci d'uniformité. Ils étaient dépareillés, un petit, un plus grand, un blanc, un beige, un deux trous, un quatre trous. Tout ce que Berthe récupérait dans d'autres vêtements hors d'usage. Plus personne ne faisait attention à lui. Il est pépé Charles : « Le vieil homme qu'a pas eu de chance ». Alors à quoi bon faire le beau ? Même Berthe n'arrive pas à le faire changer d'avis. Pourtant elle s'y emploie sans cesse. En vain ! Elle continue à rafistoler ses vieilles frusques en maugréant.

D'un geste mécanique Charles ajuste son canotier sur la tête, d'une main ferme s'empare de la canne qui l'attend devant la porte et d'un pas très assuré se dirige vers le centre ville.

Il traverse le vieux village qui respire la tradition des terrains cultivés. Les oliviers s'étendent à perte de vue, tout comme les arbres fruitiers, agrumes et autres. Les jardins embaument toujours autant les narines des promeneurs. Tendresse jusqu'à l'ivresse ! Les maisons bien qu'anciennes sont apprêtées dans une coquetterie fleurie et colorée. Les hommes n'ont pas poussé leur folie jusqu'à tout démolir. Les vestiges de ce qui fut, sont encore fièrement entretenus. Pépé Charles en soupire d'aise et de fierté.

Enfin, il arrive au centre-ville. Centre-ville, il faut le dire vite. Juste quelques boutiques dont un fleuriste. Sur le trottoir, des plantes grasses prennent l'air, crochetées bien sagement sur un présentoir en fer forgé, vraisemblablement une vieille porte réaménagée, l'art de la récupération stylistique. Système archaïque mais touchant de vie ! Un grand tonneau fissuré et craquelé embrasse avec sérénité des bouquets de fleurs jaunes. Quelques taches rouges par-ci, par-là, des roses. Le tout barbote dans un vieux bac en grès placé au cœur du tonneau pour tenir humides les tiges vert pâle. Aucune main charitable pour les emporter, à moins que ce soit l'ennui qui leur fasse un peu pencher la tête, les rendant moins attirantes. Sauf que l'odeur musquée des narcisses fait de la résistance en chatouillant les narines de Pépé Charles. Il hume à pleins poumons cet air qui lui rappelle que Noëlle adorait les fleurs. Il trouvait toujours un moyen de lui confectionner un charmant petit bouquet même quand la saison florale était en vacances. Il arrivait toujours à dénicher dans la haie des petites boules bleues qui plus tard offriraient une explosion de clochettes blanches au centre du feuillage vert foncé. Noëlle disait toujours que c'étaient des étoiles descendues sur terre exprès pour elle. Noëlle était une romantique, pense-t-il en soupirant. Au mur, formant un angle avec la vitrine, quelques couronnes et grappes de fleurs séchées semblent bien poussiéreuses.

Juste après, un petit snack : tables et chaises accueillent les quelques jeunes restés au village. Une bonne odeur de pain chaud le fait entrer à la boulangerie pour y acheter une baguette. De plus pense-t-il cela lui donnera une contenance à la poste. Puis non, il se ravise et explique à la vendeuse qu'il prendra sa baguette au retour. Il sera plus libre de ses mains s'il devait signer un quelconque document. On le sait bien, dans une administration, il y a toujours une signature à apposer au bas d'une feuille ! De tout temps, il n'a jamais été doué pour la paperasse. Pépé Charles au moment de prendre sa retraite avait complètement disjoncté devant le nombre toujours croissant de documents à remplir, sans oublier ceux à fournir. Très vite il s'était débarrassé du dossier empoisonné en le fourguant à Berthe, l'amie dévouée. Berthe, Noëlle les deux femmes de sa vie, pas facile, facile !

Pour finir, un relais presse où tous se pressent pour bavarder, raconter des potins souvent bien savoureux. Tout le monde repart hilare et détendu avec le journal sous le bras. Pépé Charles n'a jamais franchi le seuil du relais presse car il n'a pas acheté un journal de toute son existence.

Sur le trottoir d'en face, trône la poste. Elle occupe une bonne partie de la rue. Un bâtiment en béton gris. Par endroits on devine la peinture rose qui a fini par cloquer avec le temps. Une petite porte lui sert d'entrée. Un peu plus loin un escalier, surmonté d'une rampe aux points de rouille apparents, donne accès à une autre petite porte. Des colis sont stockés là. Plus loin encore un distributeur de billets. Durant quelques secondes Charles observe un homme affronter le « banquier revisité » fait de verre et d'acier. Il voit l'homme se tromper, hésiter, parler de code oublié. Il le voit s'énerver et enfin repartir une liasse de billets serrée dans une main. Ils sont fous ces Romains se dit-il en farfouillant dans sa moustache. Lui, c'est Pierrot qui lui apporte amicalement sa retraite. Un accord établi depuis belle lurette. Il s'inquiète soudain. Pierrot va bientôt rendre son vélo et sa sacoche de facteur. Son remplaçant respecterait-il les mêmes accords ? Il se rassure en parlant tout haut *« à chaque jour suffit sa peine » !*

Charles n'a plus le temps de se poser de questions. Il est planté devant le bureau de poste, appuyé des deux mains sur sa canne. Aucun bruit ne parvient du bâtiment. L'heure est bien matinale. Il hésite quelque peu. C'est peut-être fermé. Il lance un regard aux alentours. Il fait un quart de tour en pointant sa canne comme s'il voulait viser quelqu'un. Le désert total ! À l'exception de l'autre fou furieux qui s'éloigne du distributeur, la main serrant sa poitrine, inquiet pour son argent qu'il avait enfoui dans son tricot.

Le soleil darde déjà tous ses rayons et Charles ne sait pas trop si c'est l'angoisse, la gêne ou la température ambiante qui le fait transpirer. Probablement la combinaison des trois. Au loin un chien aboie, son maître lui intime l'ordre de se taire. Le silence du village amplifie les moindres signes de vie à la ronde. Quelques lézards se faufilent entre les ramures des bougainvillées qui s'étalent sur le mur de la poste. Charles se racle la gorge et se rapproche de la petite porte pour vérifier les horaires d'ouverture. Pas de doute, le bureau est déjà ouvert depuis un bon moment. Une main sur la poignée, il marque encore un temps d'arrêt puis, se rengorgeant comme un paon, pénètre dans le petit bureau. Un guichet abrite une employée souriante et toute prête à renseigner le vieil homme.

- Bonjour Monsieur !

- Bonjour Mademoiselle !

- C'est pour quoi ?

- C'est pour quoi, quoi ? En voilà des manières !

Il n'apprécie pas la familiarité de la guichetière. Il se ressaisit. *« Bon Charles tu ne fais pas d'histoire si tu veux arriver à tes fins ».* Il lui répond d'un petit sourire qui se veut timide pour mieux l'amadouer :

- Heu... je suis en panne de téléphone et mon bottin est très vieux. Je ne sais pas où m'adresser.

- Ah ! Ce n'est pas ici. Ici nous distribuons les mandats, les colis et les courriers en recommandé. Le téléphone ...

- Ben justement ...

D'un seul coup Charles reprend du poil de la bête. La jeune postière lui a tendu une perche.

- J'ai reçu un courrier la semaine dernière, ou il y a deux semaines, non plus exactement ...

- Peu importe la date, quel est votre problème ?

La postière le regarde droit dans les yeux, bien décidée à ne pas s'en laisser compter.

- Ben, c'est-à-dire ...

Charles se trouble. Ses plumes de paon perdent de leur panache, sa voix se fait ténue, presque chuchotante.

- J'ai reçu une lettre mais au dos de l'enveloppe, il n'y avait pas l'adresse de l'expéditeur ni même à l'intérieur.

- Avez-vous identifié l'auteur au moins ? Parce qu'encore une fois ...

- Oui pas de doute là-dessus.

- Alors, je ne vois pas !

- Je vous l'ai déjà dit, je possède un vieux bottin et je n'y retrouve pas l'adresse de ce monsieur auquel il faut impérativement que je réponde. Je crois qu'il vient de s'installer dans la région.

- Vous ne pouviez pas le dire plus tôt ?

Décidément, elle est vraiment directe celle-ci. La demoiselle s'impatiente. Elle jette quelques regards à droite et à gauche. Un éventuel client à servir sans plus attendre ! Pourtant il n'y a personne devant le guichet et elle n'a donc rien à faire d'autre pour le moment. Charles se fâche. Il n'en laisse cependant rien paraître. Il veut l'adresse de Simon et il l'obtiendra coûte que coûte.

Quelqu'un pousse la porte et lance un bonjour trainant. Sa voix semble pâteuse et le pas mal assuré. Apercevant Charles, il l'apostrophe :

- Tiens le vieux Charles ! Qu'est-ce que tu fous là ? Tu dragues Éloïse ? Attention son mari est costaud et il pourrait t'en cuire s'il l'apprenait.

Le rouge d'indignation monte au front de Charles. Ce Gérard est la pire langue de vipère de tout le village. Il démarre ses journées au bar du coin, sur la place du marché au bout du village. Il ingurgite quelques pastis bien frais qu'il boit cul sec, sans le moindre glaçon ni ajout d'eau. Un bon à rien qui vit des subsides de l'état et de quelques menus larcins. Il faut surtout lui donner le change, sinon cela risquerait d'attirer des ennuis à Simon. Si ses parents ignoraient l'envoi de la lettre, là, c'en serait fini de leur secret.

- C'est tout ce que tu trouves à dire pour faire ton intéressant ? Je suis venu chercher un nouveau bottin, car le mien est très ancien et la demoiselle est en train de m'expliquer comment l'obtenir.

- Mais, Monsieur ... s'interpose Éloïse.

- Appelez-moi Pépé Charles comme tout le monde. J'apprécie votre discrétion, mais ne vous inquiétez pas, ce n'est pas grave de venir chercher un bottin, n'est-ce pas ? Pas grave ! Il lui envoie un rapide clin d'œil pour s'assurer de sa complicité. Donc vous avez noté que vous allez le réclamer à qui de droit pour que j'en aie une édition récente. On ne sait jamais, je pourrais avoir mal aux dents, mal au ventre, être cloué dans mon lit et en pleine nuit si ça se trouve, alors il vaut mieux que je sache à quel saint me vouer.

- T'appelles le ... 15. T'inquiète, moi je le fais et on vient me chercher de suite, répond l'ivrogne dans un élan de solidarité. Du coup on me soigne, on me dorlote ...

- Et on te passe la camisole de force pour t'emmener dans la cellule de dégrisement, hein Gérard ? Au fait tu es venu pour quoi là ?

Pépé Charles ne cache pas son agacement.

- Pour rien, je promenais mon chien. Puis je t'ai vu entrer à la poste et je me suis posé la même question.

- Maintenant que tu sais, dégage !

Pépé Charles s'approche menaçant. Le poltron recule et part en traînant les pieds, non sans menacer qu'un jour ...

Éloïse baisse la tête pour masquer son sourire. Un peu d'ambiance dans cette poste où il ne se passe jamais rien n'est pas pour lui déplaire. Afin de se donner une contenance, elle griffonne quelques mots sur une feuille arrachée d'un bloc. Elle ajoute, la tendant à pépé Charles, en s'éclaircissant la gorge :

- Monsieur… Pépé Charles, voici le numéro de téléphone du bureau de poste et si vous avez besoin d'autre chose, appelez-moi. Inutile de vous déplacer.

Charles est un peu déçu car elle a souligné l'inutilité de son déplacement. Mais en même temps, il semble rassuré, elle a compris le message codé qu'il lui a envoyé.

- Je ne veux pas vous déranger, mademoiselle ...

- Appelez-moi Éloïse comme tout le monde, répond-elle avec malice !

- Éloïse, un bien joli prénom. J'espère que votre mari n'en prendra pas ombrage - dit-il en lissant sa moustache rebelle et en désignant du menton Gérard qui les observe de l'extérieur, l'œil torve, noyé dans ses vapeurs d'alcool - voici mon numéro de téléphone pour me prévenir dès la réception du bottin.

Charles, en guise de numéro de téléphone, a inscrit « Aurélien Dumont près d'un lac, Var ». Il lui tend le papier. Il sent qu'il peut lui faire confiance. En confirmation, comme si elle lisait dans ses pensées, elle ajoute en s'emparant du feuillet :

- Vous pouvez compter sur moi. Je ferai de mon mieux. Je vous téléphonerai, promet Éloïse.

Lorsqu'elle prend connaissance du billet, Éloïse écarquille ses grands yeux marron. Pour se garder de toute réflexion, elle enroule au bout de son index une mèche de cheveux et tire dessus, le dégageant ainsi pour refaire une autre boucle ailleurs. Une manie chez elle. La tâche ne sera pas facile mais ce Pépé Charles l'attendrit. Il doit répondre à un courrier qui semble lui tenir à cœur. Elle ne perd pas son temps à imaginer si cette réponse qui s'adresse à un certain Monsieur Dumont, est pour un ami, un frère ou un cousin, ignorant tout de pépé Charles. Au fond qu'est-ce que ça peut bien lui faire ? Le plus important est de rendre un service dans l'exercice de ses fonctions. Du reste, des Dumont il ne doit pas y en avoir des centaines près d'un lac dans le Var. Et des lacs dans le Var, combien y en a-t-il ? Elle vient d'arriver dans la région et n'a guère eu le temps de batifoler. Son déménagement, puis son installation, l'ont complètement accaparée. L'idée de sortir de son train-train la séduit. Ses coups de tampon à longueur de journée, ses vérifications d'identité pour remettre les recommandés et les colis - et encore il n'y a pas foule devant son guichet - l'ennuient. Enfin ! Un peu d'intérêt dans ce métier répétitif qui est le sien.

L'intérêt, c'est elle qui l'avait suscité à son arrivée. Au début, les visages observateurs, les yeux froncés et interrogateurs, dans un silence insidieux, laissaient échapper des questions non formulées :

« - *Qui est cette jolie jeune fille venue s'enterrer dans ce village perché ? D'où vient-elle?* Puis les indiscrétions s'imposèrent en salves : *Vous n'avez pas d'amoureux ? Vous n'allez pas vous ennuyer ici ? Vous n'avez pas eu de problème pour vous loger » ?*

Éloïse ne comprenait pas cette manie qu'ont les gens à poser des questions à la négative. Pour l'obliger à « dénégativer » par la négative ... ?

« Non non je n'ai pas d'amoureux, j'ai un mari, je suis mariée ;

Non non je ne vais pas m'ennuyer, ce n'est pas une mince affaire de s'installer ;

Non non je n'ai pas eu de problème pour me loger ; j'ai eu un logement de fonction.

Non non je ne m'inquiète pas, je me ferai des amis.

Non, non ! Éloïse préfère positiver. Oui, oui tout va bien ! Qu'on se le dise !

À force de réponses pertinentes, la curiosité s'essouffla pour laisser place à quelques saluts amicaux, quelques invitations à partager un gâteau d'anniversaire. Elle s'est intégrée rapidement, mieux qu'elle ne l'aurait jamais espéré !

Sans se l'expliquer, elle ressent au fond d'elle un élan vers ce vieil homme. Un brave homme, pense-t-elle. Un peu mystérieux mais brave tout de même !

Elle s'emploiera donc discrètement à effectuer sa recherche. Cela elle l'a bien senti. Les choses, elle les sent d'instinct. Elle a bien lu l'inquiétude dans le regard de pépé Charles. Elle a remarqué les œillades furtives lancées à l'ivrogne. Elle sait combien il est facile de faire circuler des rumeurs, par désœuvrement ou tout simplement par bêtise. Elle se promet d'être efficace dans ce métier qu'elle n'a pas choisi. Elle voulait être institutrice mais il n'y avait pas de poste pour elle, alors elle a accepté ce guichet à la Poste.

De son côté, Charles a bien perçu l'interrogation muette d'Éloïse et l'espace de quelques secondes, il a eu peur qu'elle pose des questions embarrassantes devant l'autre buveur invétéré. Un cancanier de la pire espèce. Maintenant qu'il l'a mis à la porte, il se sent mieux.

Ah les ragots ! Ils occupent l'espace vital de ces petits villages qui semblent accrochés au temps qui s'écoule mollement. Et de confier au vent, ce mistral furieux, la mission de colporter avec les feuilles mortes les pires divagations. Gérard ne dérogera pas à la règle. Pépé Charles soupire en se disant qu'il doit avoir l'âge de son fils ou peut-être moins. L'alcool a raviné son visage, ramolli son cerveau et l'a probablement rendu pleutre et insignifiant. Personne ne sait d'où il vient exactement. Plusieurs supputations ont circulé à son sujet. Les unes plus infondées que les autres. Il a fini par squatter une vieille maison délabrée. Personne pour lui poser des questions ni l'en chasser. Il vit seul avec pour toute compagnie un chien perdu comme lui. Qui se ressemble, s'assemble. Encore que le chien semble plus gentil que le maître ; un peu craintif, un peu hargneux. Probablement un chien battu, donc rendu peureux et se tenant sur ses gardes. Il ne doit pas être nourri régulièrement, au vu de ses os saillants. Sa peau est recouverte de poils crasseux par plaques. Deux pauvres hères.

Pépé Charles apprécie le regard vif et intelligent d'Éloïse posé sur lui. Ses yeux glissent sur son petit nez retroussé, ses longs cheveux clairs et son menton volontaire. Le village a fait le bon choix en l'engageant à la place de l'ancienne employée. Celle-ci ne pensait plus qu'à sa retraite comme bon nombre d'actifs ici. Elle avait commencé à travailler dés l'âge de quinze ans, n'avait jamais changé de poste. Elle en devenait agressive et envoyait promener tout le monde. Il urgeait que cela change ! Encore que Charles n'ait jamais eu à venir jusqu'à la poste, ne recevant ni courrier ni colis et ce qu'il savait d'elle, il l'avait entendu dire.

Charles continue d'observer Éloïse en silence. Il a beaucoup de chance ce matin, personne dans le bureau de poste pour s'impatienter ou l'obliger à écourter l'entretien. Il n'a pas envie de repartir. Il a plutôt envie de bavarder avec Éloïse. Il a envie de lui dire ce qui lui tient tant à cœur. Il se sent en confiance sans trop savoir pourquoi. Tant d'années de mutisme et de manque. Peut-être qu'alors elle comprendrait l'urgence… Il a envie… et il se jette à l'eau :

- Cette adresse que je recherche est celle de mon petit-fils, enfin en même temps de mon fils. Vous comprenez ...

- Oui je comprends votre petit-fils habite sûrement chez ses parents et ...

- Il vient d'arriver dans la région. Ceci dit, entre nous je n'en ai pas entendu parler. Ce qui est un peu étonnant. Vous n'avez pas remarqué que bien souvent, c'est le principal intéressé qui ignore tout. Mais bon ! À la fête du village mon petit-fils m'apprend qu'il est mon petit-fils et que maintenant qu'il habite à côté, il aimerait me voir. Vous vous imaginez un peu ? Un petit bonhomme haut comme trois pommes qui me dit qu'il m'aime alors qu'il ne m'avait jamais vu ? Comment est-ce possible ? C'est sûrement ma Noëlle, de tout là-haut, qui me l'a envoyé. Noëlle c'était ma femme et elle est au paradis avec ma fille Simone. Oui je vous expliquerai un jour tout ça. Peut-être que je vous ennuie ?

- Non pas du tout. Elle baisse les yeux, un peu gênée.

- En même temps je me demande si je n'ai pas rêvé. Mon fils, je ne l'ai pas vu depuis ...

Pépé Charles a la voix qui tremble dans le fond de sa gorge, qui le trahit. Il est ému et il ne peut plus rien ajouter. Ses yeux brillent de larmes contenues. Eloïse est touchée de ce flot d'aveux. Elle quitte son poste et faisant le tour du guichet, prend Pépé Charles par l'épaule et lui murmure :

- Si votre petit-fils vous aime c'est que son père a continué à lui parler de vous. Et certainement avec beaucoup d'amour. Votre fils a continué à penser à vous. Les enfants n'oublient jamais ceux qui les ont mis au monde, même si parfois leurs rapports se compliquent. Dans leur cœur ils cultivent une fleur qui ne se fanera jamais, celle de l'amour inconditionnel pour leurs géniteurs. Maman était une enfant de la DDASS. Elle me parlait sans cesse de ses parents qu'elle n'avait jamais connus. Elle m'a donné tout l'amour qui lui avait fait défaut et aujourd'hui elle est enterrée avec son lourd secret... *Morte de n'avoir jamais existé* répétait-elle tout le temps.

Éloïse rougit brusquement. Elle porte une main à sa bouche. Elle vient de faire une confidence à un inconnu. Elle essaie de réparer les dégâts :

- Oh excusez-moi ! Je ne sais pas pourquoi je vous dis ça. Je suis très heureuse et bien mariée. Tout va très bien pour moi, je vous assure !

Elle reprend plus bas, comme si elle se parlait à elle-même :

- Parfois je me dis que j'aimerais tout de même connaître mes grands-parents. C'est important de savoir d'où l'on vient. Je ne connais pas mon père non plus. L'histoire est un éternel recommencement. Allez ! On ne va pas se laisser envahir par la tristesse un jour comme aujourd'hui.

Elle se tait devant le visage tout attendri de Pépé Charles. Un long silence s'empare d'eux. De temps en temps, un soupir s'échappe de leur poitrine. Une idée traverse soudain la tête d'Éloïse :

- Mais comment n'y ai-je pas pensé plus tôt ? Parce que, un Dumont, près d'un lac, dans le Var … c'est un peu vague comme indications, non ? Par contre il y a bien un moyen, simple et plus pratique. D'ailleurs … Elle parle, elle parle pour laisser le temps à Pépé Charles de reprendre ses esprits.

- Savez-vous où habitait votre fils avant de venir dans la région ?

- Aux dernières nouvelles, mais qui remontent très loin, il habitait à Marseille. J'y pense, c'est vrai que le petit, Simon, a un accent plutôt marseillais. Il m'a surtout dit qu'il regrettait le quartier où il habitait, ses copains avec qui il jouait au pied de l'immeuble, les parties de foot au stade le plus beau de France. Là-bas, disait-il, c'est une grande famille multicolore. Avec les copains on faisait toutes les religions. Pour ramadan on mangeait les gâteaux au miel très sucrés, pour Pâques, c'était les galettes azymes dures comme de la pierre et à la Chandeleur les crêpes de maman. Il n'a pas cessé de s'agiter et de me raconter « là-bas ». Je me suis un peu assoupi mais j'ai quand même entendu qu'il parlait de canne et de bière. Je pensais qu'il parlait de ma canne qui était tombée par terre mais ...

Éloïse éclate de rire devant la confusion.

- C'est de la Canebière qu'il a dû vous parler.

- Vous croyez ? Et aussi je me souviens qu'il m'a raconté qu'il allait pêcher la carpe avec mon fils dans le lac de St Cassien. En rigolant il a souligné que ce n'était pas mieux que la sardine qui bouche le port. Sur le coup je n'avais pas compris. Je ne voyais pas le rapport. Mais oui, la blague de la sardine qui bouche le port de Marseille. Parfois aussi il disait « peuchère » en se tapant sur la cuisse. Il a la langue bien pendue. À n'en pas douter le petit est né à Marseille. Mais ils ont pu déménager entre-temps. La preuve est qu'ils sont tout près d'ici à présent.

Éloïse ne laisse pas Pépé Charles se décourager :

- On va commencer par explorer cette piste marseillaise. Je vais donc interroger mes collègues marseillais, si des fois ils ont enregistré un changement d'adresse au nom de Dumont Aurélien.

- Un changement d'adresse ? Il faut espérer qu'il l'ait fait.

- Ne vous inquiétez pas, je vous le trouverai votre fils.

Elle lui applique une légère pression sur l'épaule, lui offre un regard malicieux et complice pour lui signifier qu'elle doit reprendre son travail. Il la remercie d'un hochement de tête, reprend sa canne et quitte la poste. Dehors Gérard a disparu au grand soulagement de Pépé Charles qui s'en retourne chez lui tranquillement.

Le long du chemin, il récapitule sans perdre une minute. Premièrement, il va s'atteler à écrire une belle lettre. Cela lui permettra de patienter jusqu'à l'obtention de l'adresse de Simon. Deuxièmement trouver comment ne pas attirer l'attention de ses parents.

- Bon Charles, se dit-il, chaque chose en son temps et les vaches ... non ça c'est Berthe qui parle comme ça. Il l'aime bien sa Berthe et ne comprend pas pourquoi il a cette retenue vis-à-vis d'elle, au lieu de la mettre dans la confidence. Il craint sa jalousie. Les femmes sont possessives ! Des années durant, ils ont vécu sans personne autour d'eux et lui apprendre qu'il a retrouvé sa famille, il est persuadé que cela lui provoquera un choc immense. Elle va mal le vivre, c'est certain. S'il savait ...

IX – La fouille

Non, il ne sait pas ... Que Berthe a décidé de prendre sa destinée en main, sans plus attendre. Ce matin au réveil, sa résolution est prise d'en savoir plus sur cette lettre, en détournant l'attention de pépé Charles. S'il fait tant de simagrées c'est qu'il y a anguille sous roche. Elle tressaille à cette expression. Dans le coin, ce sont plutôt les serpents qui se cachent dans la roche. Elle en a une peur bleue. Ce qui n'est pas peu dire !

Il faut qu'elle en sache un peu plus pour agir. Et si c'était une femme ? À son âge, il devrait avoir honte. Elle ne veut pas s'avouer qu'ils ont le même nombre d'années inscrit à l'état civil, et qu'aucun scrupule ne l'étouffe à aimer Charles. La logique féminine... Puis pour se rassurer totalement, elle se souvient de l'écriture enfantine aperçue sur l'enveloppe.

Une voix assassine lui souffle dans les oreilles : *« Tu aurais dû y aller à cette fête du village ! Tu l'aurais rencontré ce gamin. Qui va à la chasse perd sa place ».* Mais voilà ! Elle n'aime pas cette fête annuelle, ce bruit, ces gens venus de toutes parts et surtout, surtout, les mauvais souvenirs... Elle sait que les absents ont toujours tort, mais ce n'est pas à l'ordre du jour. Il lui faut éloigner Pépé Charles, et pour cela elle n'aura pas à dresser des plans sur la comète. La chance est de son côté. Elle l'entend tout d'abord claquer ses volets puis refermer ses vitres. Elle aperçoit Chaton qui miaule désespérément, pour finir par aller dormir au pied de Gustave. Il doit sûrement lui raconter la mauvaise humeur de son maître et Gustave en ami de tous ne souffle mot. Puis elle regarde Pépé Charles s'éloigner d'un pas hâtif, jetant des regards inquiets aux alentours et se dirigeant vers les quelques commerces du village.

Lorsqu'enfin sa silhouette s'estompe de sa vue, elle va chercher la petite échelle que Pépé Charles abandonne toujours le long d'un mur au fond du jardin et la claque sur celui des toilettes de la maison de Pépé Charles. Il laisse régulièrement la fenêtre ouverte en grand. C'est une fenêtre assez basse et large. Berthe le taquine inlassablement à ce propos :

- Pourquoi tu laisses ta fenêtre ouverte ? Pour attirer les voleurs ? Tu veux te faire zigouiller ?

- Pour les mauvaises odeurs !

Il ne lui répètera pas une fois de plus que c'est pour Chaton. Pour lui permettre de rentrer au bercail lorsqu'il revient de ses pérégrinations nocturnes. Sous la fenêtre, il y a un vieux tonneau de récupération des eaux de pluie. En deux bonds Chaton se retrouve à l'intérieur de la maison. Berthe qui n'a aucune agilité et qui risque de se rompre le cou préfère s'aider de l'échelle. Elle se hisse au moyen de ses bras, s'assoit sur le rebord de la fenêtre en faisant un quart de tour et se retrouve les deux pieds suspendus au-dessus de la cuvette. Ce n'est pas gagné ! Elle s'aide à nouveau de ses bras, se laisse glisser, se cogne un coude, arrache un bout de sa robe et finit par atterrir un pied dans l'eau et l'autre à côté de la cuvette dans une position complètement déséquilibrée.

En tremblant, elle réalise qu'elle ne s'en est pas trop mal tiré mais elle se demande comment elle repartira en sens inverse. *Bon, commençons par la lettre, ensuite on avisera.* Elle ignore combien de temps durera l'absence de Charles. Sans le savoir il lui a facilité la tâche mais il faut aller vite. Elle commence à fouiller dans la cuisine. Sur le réfrigérateur, sur la table, dans les tiroirs du vieux vaisselier en bois peint, sur la gazinière. Zut, zut, zut. Rien !

Une oreille toujours tendue vers l'extérieur, elle fouille la chambre à coucher. Rien ! Sur la table de nuit, sous l'oreiller, sous le matelas, sous le lit, sur et sous la petite chaise d'enfant au pied du lit. Rien ! L'armoire est presque vide, quelques piles de draps et de taies d'oreiller sont vite inspectées sans résultat. Rien !

Elle se dirige vers l'atelier sans se faire d'illusions, une mère ne retrouverait pas ses petits tant le désordre y règne en maître, maugrée-t-elle, lorsqu'elle entend Chaton miauler à tue-tête.

- Zut ! Charles est déjà de retour ; Chaton est l'indic le plus sûr !

Son cœur cogne très fort dans sa poitrine. D'un rapide coup d'œil à l'extérieur, elle aperçoit Chaton qui bloque le passage à Charles en s'agrippant à son pantalon de ses deux pattes avant. Il ne lui reste que quelques secondes pour disparaître sans se faire voir. Elle n'a pas le temps de repartir par les toilettes. Encore moins de sortir par la porte d'entrée fermée à clé. Évidemment ! Alors ?

Une seule solution subsiste, celle de se cacher dans l'atelier en se promettant de se sauver lorsque Charles ressortirait pour discuter avec Gustave ou pendant sa sieste. Il dort une bonne heure, juste après le déjeuner. Pourquoi ne pas continuer ses recherches puis repartir par la porte d'entrée que Charles ne ferme jamais à clé lorsqu'il se trouve à l'intérieur de la maison ?

Ce que notre Berthe ignore, c'est que Charles a enfoui la lettre dans sa poche au cas où il en aurait besoin à la poste. Elle peut toujours fouiner partout, elle ne trouvera rien ! Ce qu'elle n'avait pas non plus prévu au programme, c'est que Charles n'avait aucune intention de traînailler dans le jardin avec Gustave, bien décidé qu'il était à rédiger sa lettre durant la sieste, durant toute la journée s'il le fallait.

Berthe se tient tout d'abord aux aguets puis, fatiguée, finit par s'assoupir sur un vieux siège bancal. Elle est réveillée en sursaut par Chaton qui saute sur ses genoux et lui colle le museau sur son visage.

- Il ne manque plus que toi pour me trahir ! Avec ton flair de flic, tu m'as retrouvée. Il faut que je m'en aille, Chaton il est où Pépé Charles ?

- Je suis là et je me demande bien ce que tu fais là, toi ? J'ai vu l'échelle contre le mur et j'ai pensé avoir eu de la visite. Depuis le temps que tu m'annonces des visiteurs indélicats ! Je m'attendais à tout sauf à toi. Du reste c'est Chaton qui m'a conduit directement ici.

Berthe ne perd pas le nord. Elle a du répondant. Puisqu'il l'a surprise dans l'atelier, c'est fort simple de lui faire croire qu'elle a eu besoin de quelque chose et qu'elle n'a pas voulu l'attendre pour le lui demander. Vu qu'il lui fait des cachotteries, il faut bien qu'elle se débrouille toute seule !

- Et tu as besoin de quoi au juste ? lui demande Charles intrigué.

- Comment veux-tu que je le sache ! J'ai dormi depuis et je ne m'en souviens plus !

- Bien sûr ! Quand la mémoire te reviendra, fais-moi signe, lui assène Charles sur un ton soupçonneux.

- Et toi, tu es allé où toute la matinée, si ce n'est pas indiscret de te le demander ?

- À la poste !

- À la poste ? Mais pour quoi faire ?

- J'ai besoin d'un bottin récent et la postière va m'en procurer un. Attends, faut que j'te raconte, Gérard s'est pointé, saoul comme à l'accoutumée. Il a pensé que je draguais la petite postière. Éloïse ! Il a fait les présentations et m'a mis en garde contre son mari pas facile. Un costaud paraît-il.

Charles parle non sans une certaine coquetterie. Il aime bien taquiner la brave Berthe qui mord à chaque fois à l'hameçon.

- C'est plus de ton âge ! Berthe rit jaune à en avaler son dentier.

Charles n'est pas mécontent d'avoir réussi à détourner l'attention de Berthe. Enfin... C'est ce qu'il croit. Elle le relance, têtue comme une mule :

- Bon, blague à part, pourquoi es-tu allé perdre ton temps à la poste ?

- Je t'assure que j'ai besoin d'un bottin. En plus c'est vrai !

- Pourquoi tu dis « en plus c'est vrai » ? Si c'est vrai, pourquoi « en plus » ? Je vais te le dire, moi. C'est parce que tu me caches quelque chose, « en plus » !

- Ne va pas chercher midi à quatorze heures ! Crois-tu que ce soit l'endroit pour parler de tout ça ? Viens sortons d'ici. Je te raccompagne chez toi en remettant l'échelle à sa place.

- Bien ! J'irai vérifier à la poste, lui répond Berthe sur un ton déterminé.

- Tu ne vas pas faire ça ? Tu n'as pas le droit ! C'est ma vie et ça ne regarde que moi !

Berthe, offusquée par cette réponse hostile qui confirme son inquiétude, se lève en grimaçant. Ses jambes sont ankylosées. Elle refuse tout net l'aide de Charles et part sans ajouter un mot. D'autant qu'elle n'a pas dit son dernier mot !

Son idée géniale du matin, s'est avérée être un fiasco. Il lui faut trouver autre chose. Quoi qu'il en soit, elle ne laissera personne lui prendre SON Charles. Une grande tristesse s'empare d'elle. Ses yeux s'humidifient.

Sans lui, quel intérêt aurait sa vie ? Sans lui, elle n'aurait plus personne pour veiller sur elle et lui fermer les yeux le moment venu. Elle trouve le courage de sourire car une voix taquine vient lui souffler dans les oreilles que peut-être Charles s'en irait avant elle ? Personne ne connait sa destinée, ni l'heure du dernier voyage. Et tant qu'il y a de la vie, il y a de l'espoir. Elle parle toute seule, se racontant n'importe quoi pour oublier sa déconvenue.

En chemin, elle récupère l'échelle, la range à l'endroit précis où elle l'a prise. Ce n'est pas à Charles de le faire. Elle a sa fierté.

Un peu par défi, elle se prépare une belle omelette aux poivrons, tomates, échalotes et persil, une recette qui d'habitude faisait le régal de Charles. Tant pis pour lui, et il n'a pas intérêt à se manifester !

L'odeur des œufs et des ingrédients cuisant dans la poêle vient chatouiller les narines du voisin. Il regrette déjà d'avoir été aussi dur avec Berthe. Son estomac lui envoie des signes de faim mais sa dignité l'empêche d'y répondre.

Leur orgueil réciproque les éloigne l'un de l'autre alors qu'il suffirait d'un mot, d'un geste pour aplanir toutes leurs difficultés. La peur du rejet ! L'appréhension d'une incompréhension, sans doute !

X - Gustave

Berthe mange son omelette en solitaire et la trouve bien insipide. Elle a oublié de la saler. En fin de compte elle n'a pas faim. Toutes ces histoires lui ont coupé l'appétit. La nuit est tombée dans la maison. Berthe n'y voit plus clair, aussi peu clair que dans sa tête bien tourmentée. Elle n'a pas sommeil non plus. Sa sieste inopinée dans l'atelier de Charles l'a complètement décalée de son programme habituel. De toute manière, elle dort très peu et plutôt au petit matin. Elle a encore du temps pour mettre ses idées à plat et cogiter.

Elle va s'asseoir sur le banc au pied de Gustave. C'est une soirée de pleine lune, qui selon une vieille croyance, rend les hommes fous. Berthe n'est pas superstitieuse. Elle aime lever les yeux au ciel pour observer les milliers de minuscules étoiles scintillantes. Elle cherche toujours du regard la Petite Casserole, puis la Grande Ourse. C'est pour elle de bon augure de les apercevoir.

De la terre monte un mélange d'odeurs exacerbées par la chaleur de la journée puis rafraichies par l'humidité du soir. Un petit vent bruissant fait frissonner Gustave, qui sans sourciller attend les confidences de Berthe. Étonnant ! Elle reste muette. Cela ne lui ressemble guère. Diable, ça doit être grave ! En fait, elle est songeuse, surtout inquiète. Il lui faut jouer serré pour ne pas se transformer en ennemie jurée.

Elle ignore que Charles derrière ses vitres l'observe également. Il l'épie. Il ne faut pas la perdre de vue, au cas où elle mettrait à exécution sa menace de se rendre à la poste pour assouvir sa curiosité.

- Et si je la mettais dans la confidence ? dit-il tout haut.

Seul Gustave entend la question. Il balaye discrètement le sol de ses branches basses. Chaton qui passe par là dresse ses oreilles. Une chauve-souris grince en rasant le sol. Elle affole Chaton qui décampe. Charles a tout vu, mais pas Berthe prise dans le tourbillon de ses pensées. Pour une fois il exprime ses doutes quant à l'interprétation des mimiques de Gustave. L'affaire est trop sérieuse.

De supputation en supputation, il convient qu'il a une amie en la personne de Berthe. Que Gustave a raison en opinant de ses branches. L'amitié qu'ils vivent depuis si longtemps est un bien à ne pas gaspiller. Une amitié exceptionnelle qui s'est muée en amour pour Berthe ainsi que pour Charles qui se refuse à l'admettre. Tout aussitôt, comme une évidence, des exemples viennent pointer le bout de leur nez dans la mémoire de Charles, un peu embarrassé :

Lorsqu'il avait été très malheureux à la mort de Noëlle, qui l'avait consolé sinon Berthe ?

Lorsqu'il avait attrapé une bronchite, qui l'avait soigné sinon Berthe ? De cataplasme en cataplasme, de ventouse en ventouse, à l'ancienne. Elle avait été meilleure que toutes les médecines réunies. Sans parler des délicieuses soupes qu'elle lui avait préparées ensuite pour parfaire sa guérison.

Lorsque Chaton revenait blessé et gémissant, qui s'en occupait avec dextérité ? Pour finir elle les invitait, tous les deux, à partager son dîner toujours succulent. Pas étonnant que ce soit Chaton qui l'ait conduit ce matin à l'atelier pour la retrouver dormant sur une chaise bancale. L'histoire est un éternel recommencement et c'est un signe !

- Je ne vais pas me comporter en ingrat aujourd'hui, parce que j'ai retrouvé ma famille. Enfin, ne nous emballons pas !

Il se racle la gorge comme s'il n'arrivait plus à respirer ! Il inspire en grimaçant ! Gustave a lu sur les lèvres de Charles ses propos conciliants. Aidé d'une brise légère il secoue harmonieusement ses branches hautes comme pour saluer ses amis et décide de se réfugier dans un sommeil paisible, suivi de Berthe, qui baillant, se dirige d'un pas résigné vers sa porte. Instinctivement, elle se retourne, sentant une présence, un regard dans son dos. Elle a juste le temps de deviner l'ombre de Charles qui s'éloigne prestement de la fenêtre. Elle sourit. Sa tristesse se dissipe. Elle se promet de passer une bonne nuit remplie de beaux rêves. Sacré Charles ! ne peut-elle s'empêcher de penser. Elle l'aime encore plus. Comme si cela pouvait être possible !

XI - Gérard

Au petit matin, un moustique vient se restaurer sur la joue de Charles qui se réveille en maugréant. Sale bestiole ! Elles attaquent dès l'aube jusqu'au soir sans interruption. Il va avoir une belle boule sur le visage. Berthe ne manquera pas de le taquiner et il perdra ses moyens. Il se lève rapidement et applique un coton imbibé de vinaigre sur son visage. Il ouvre ses vitres puis ses persiennes. Il est heureux de voir Berthe qui secoue sa nappe comme un automate. Une chose est certaine, elle n'a pas filé à la poste. Donc elle attend qu'il parle. *À nous deux ma belle !*

Il s'apprête à sortir pour engager la conversation, quand il voit Gérard, le soulard invétéré, titubant, s'éloignant vers la ville, pas aussi vite qu'il l'aurait souhaité. Il fuit c'est l'évidence même. Charles fronce les sourcils et sans réfléchir lui emboîte le pas. Il le rattrape, et l'empoigne par le col humide et gras de sa chemise, comme il l'aurait fait avec une marionnette, d'une poigne si ferme que l'autre en perd l'équilibre. Charles le remet sur ses pieds qui touchent à peine terre et l'apostrophe :

- Que cherches-tu par ici ? Tu n'es jamais allé plus loin que le bout de ta rue. Depuis deux jours je te retrouve singulièrement sur mon passage, hier à la poste et aujourd'hui jusque sous ma fenêtre ou pas loin !

- J'ai perdu mon chien. Je le cherche depuis hier, pleurniche l'ivrogne, un bras replié protégeant son visage.

- Tiens donc ! Décidément les alcooliques aiment les chiens. Ils oublient de les attacher, ne les nourrissent pas et s'en servent comme d'une arme pendant qu'ils cuvent leur vin. Si je le trouve ton chien, il passera un mauvais quart d'heure, je te le jure !

Une méchante ombre passe dans le regard de Charles. Tous ses mauvais souvenirs longtemps enfouis, remontent à la surface. Une pulsion meurtrière l'envahit. Pourri ! Pourri, hurle-t-il à l'oreille de Gérard.

- Lâche-le Charles, tu vas le tuer. Le plus embêté ce sera toi, le supplie Berthe.

- Tiens te voilà toi aussi ! Décidément tu me poursuis.

- Eh ! Ne te venge pas sur moi ! Je t'ai vu courir comme un fou et je me suis demandé pourquoi. Normal non ? Tu n'aurais pas fait la même chose si j'étais en danger ?

- Je suis en danger moi ?

- Ben oui, si tu ne reposes pas cette loque humaine ! Pose-le délicatement, il risquerait de t'exploser au visage avec tout l'alcool qu'il a déjà ingurgité.

Elle se tait, fronce les sourcils, mimique qui signifie qu'elle réfléchit.

- Tu sais quoi ?

- Non mais tu vas me le dire !

- On va l'attacher sur une chaise dans l'atelier et on va recueillir tranquillement ses aveux.

- Tu es complètement folle. Nous voilà transformés en Dalton !

- Mais non les Dalton, c'étaient des frères ou des cousins !

- Alors en Pieds Nickelés, c'est guère mieux !

- Les Pieds Nickelés, les trois ivrognes sortis de prison qui faisaient les quatre cents coups ? C'est plutôt lui l'un des pieds nickelés. Non ? Ta culture des bandes dessinées est incomplète à ce que je vois. Nous sommes de braves gens honnêtes et on veut savoir pourquoi il est venu écouter aux portes. Voilà tout ! Et puis quelques jours enfermés dans ton cagibi sans boire, tu lui rendrais service non ?

- Allez fous le camp, et que je ne te revoie pas dans les parages.

Charles relâche un Gérard vacillant, et d'une bourrade dans le dos lui fait faire un bond de quelques mètres. Gérard s'éloigne en maugréant. De temps en temps il se retourne, proférant des menaces à peine audibles.

- Rentrons, dit Charles en soupirant !

- Rentrons ? Où ça ? Chez moi ou chez toi ?

- Où tu veux, tout ce remue-ménage m'a fatigué. En plus je suis à jeun et je l'aurais bien avalé tout cru ce morveux. Regarde-le déguerpir en zigzaguant. Allez fais-nous un bon café. Tu dois bien avoir quelques gâteaux dans un fond de tiroir ou un vieux crouton rassis léché d'un peu de confiture ? Cela fera l'affaire.

Berthe a le sens des affaires. Donnant – donnant.

- OK ! À une condition. Tu me montres la lettre.

Sa détermination ne fait aucun doute et Charles en est conscient.

- Pas de problème. Tiens je te la montre tout de suite mais tu ne la liras que lorsque je t'aurai raconté ma journée avec Simon.

Berthe ne se sent plus de joie. Il lui fait confiance, il va tout lui dire et peut-être même lui demander des conseils. Tout du moins elle se promet de lui en donner. Comme à l'accoutumée, ses lèvres bougent sans proférer le moindre son. Charles a un sourire amusé et attendri.

Berthe s'affaire dans sa cuisine. Vite, vite pense-t-elle, avant qu'il ne change d'avis ! Le café est déjà prêt. Hélas, l'altercation entre Gérard et Charles ayant duré suffisamment longtemps pour qu'il ait eu le temps de refroidir, elle n'a plus qu'à le réchauffer. Elle sort ses belles assiettes décorées qu'elle a récupérées d'une vieille tante. Une farandole d'olives noires peintes danse sur un fond jaune orangé. Quelques biscuits, oubliés dans une boite en fer blanc, sont invités à y prendre place sans formalités ainsi que le bol fumant de café, éclairci d'une larmichette de lait.

Vite, vite ! La lettre. Son cerveau fume encore plus que le bol de café. Pendant que Charles mangera, elle lira. Mais Pépé Charles doit lui raconter sa rencontre avec Simon ! Toutes ces émotions lui serrent le cœur et la perturbent.

Un instant, elle imagine que Charles va se détourner d'elle, à cause de Simon. Tous ces secrets sont un peu alarmants. Elle hausse les épaules, refusant de se faire du mauvais sang à l'avance. À son tour, comme l'a fait Charles ce matin, elle s'écrie :

- À nous deux mon grand !

Charles l'attend à l'extérieur, au pied de Gustave encore tout engourdi de sommeil. Le soleil est déjà bien haut, la matinée bien avancée et la fatigue bien en place sur les épaules de Charles qui s'est assoupi.

Berthe houspille Charles, l'apercevant la tête dodelinant sur sa poitrine :

- Faut croire que tu n'as pas si faim que ça ! Le café, je l'ai déjà réchauffé une fois, alors tu le bois maintenant ou tu le boiras froid.

- Du café réchauffé ? Pas question ! Les femmes, vous êtes nulles en matière de café décidément.

- Les femmes ? Qui les femmes ? Je n'en vois pas d'autres que moi ici et depuis belle lurette !

- Bon passons ! Ton café ne m'inspire pas et tes petits biscuits sont tout mous. Ils datent si je ne m'abuse. Comme accueil tu as fait mieux !

- Eh les amoureux, au lieu de vous chamailler, vous feriez bien de m'ouvrir le portail.

Un képi de facteur pointe le bout de sa visière.

- Avec cette chaleur, et surtout à cause des envahisseurs, les chefs me donnent davantage de courriers à distribuer. Jamais vu autant d'Anglais, de Hollandais et d'Allemands par ici. Je sais que la guerre est finie mais pas qu'ils allaient nous envahir tous ensemble avec le sourire. Ils savent juste dire merci et au revoir, c'est pas avec eux que je vais pouvoir tricoter de la langue.

- Ni du cerveau ! Et toi tu sais parler leur langue ? Non ! Alors ne viens pas nous casser les pieds, lance Berthe de mauvaise humeur, espérant ainsi l'éloigner.

- J'ai bien soif, un grand verre d'eau, légèrement blanchi de pastis et de quelques glaçons, ne serait pas de refus.

- Berthe va t'offrir sa piquette. Tu n'auras plus soif jusqu'à ce soir, dit Pépé Charles en riant sous cape.

Berthe fait la moue. Il tombe plutôt mal celui-là et ne semble pas pressé de déguerpir. Elle va se lever pour obtempérer lorsque le facteur se méprenant, l'interpelle :

- Ne te sauve pas, pépé Charles te taquine. Je suis venu porter un paquet à Charles de la part d'Éloïse, la nouvelle postière.

- J'ai à faire et Charles, c'est pas moi. Alors donne-lui son paquet et comme il paraît que tu as davantage de clients, occupe-t-en !

Vexé Pierrot tend le bottin promis à Charles par Éloïse et s'en retourne sans avoir étanché sa soif. Même la piquette de Berthe aurait fait l'affaire, tant il a la gorge asséchée.

Charles remarque un petit liseré de papier blanc qui dépasse du milieu des pages du gros bottin. Il le retire. Ses yeux brillent d'un éclat brûlant. Il lit à haute voix :

Monsieur Aurélien Dumont – Mas des rosiers - 2 imp. des Micocouliers - Montauroux.

Même le numéro de téléphone y figure ! Berthe penchée sur son épaule prend connaissance du feuillet.

- Tu ne m'avais pas parlé d'un certain Simon ? Mais j'y pense, Aurélien Dumont ? Elle se frappe le front, ses paupières palpitent d'étonnement, Aurélien c'est le prénom de ton fils. Il est revenu ? Tu l'as revu ? Tu lui as parlé ?

- Oh là ! Une question à la fois. Entre le Gérard qui se pointe en titubant, Pierrot et sa soif et toi qui papote, je n'ai pas le temps d'en placer une. Je serai bref puisqu'on entre sans préambule, dans le vif du sujet.

Charles aspire un bon bol d'air d'une respiration lente et expirant en gonflant ses joues, explique :

- Voilà ! À la fête annuelle du village, j'ai été abordé par un petit garçon. Il m'a posé des tas de questions. Je ne savais pas où il voulait en venir et pour finir, il m'a appris qu'il était mon petit-fils, enfin, que j'étais son grand-père, bon c'est la même chose - je m'emmêle les pinceaux - et que j'allais être grand-père une deuxième fois, d'une petite-fille, Noëlla.

- Oh là là ! Simon, Noëlla, il ne manque plus que l'âne et les santons pour remplir la crèche de Noël. Simon c'est le Père Noël, quoi !

- Tu vois pourquoi je ne voulais rien te raconter ? Pour éviter tes sarcasmes ! Soit tu m'aides, soit tu rentres chez toi et tu ne me parles plus.

- Allez Charles, ne te fâche pas. Cela paraît incroyable ! Ton fils est revenu dans le coin et personne n'en a rien su ? Permets-moi d'avoir des doutes sur le sujet. En même temps, peut-être bien que les gens n'ont pas eu le temps de jaser puisque son retour est très, très, récent. Parce que tout de même, conviens-en, ici les nouvelles sont si rares ...

- Le temps, le temps ! Tu jacasses tout le temps ! Je vais l'écrire quand cette lettre maintenant que j'ai enfin l'adresse ? Mais mon problème c'est de la donner à Simon sans que ses parents s'en aperçoivent, alors j'ai pensé que tu pouvais trouver une idée.

- Et si je lisais ce que Simon t'a écrit ? Parce que jusqu'à présent je n'ai encore pas bien cerné la situation. Je résume et tu m'arrêtes si je me trompe : ton fils est de retour sans crier gare, ton petit-fils te tient la jambe toute une journée pour t'apprendre qui il est - une minute aurait suffi à mon avis - il t'envoie une lettre à laquelle tu dois répondre mais en cachette de ton fils. Pourquoi ?

- Tiens lis la lettre, après on discute !

- Enfin ! Ce n'est pas trop tôt. Attends je vais aller chercher mes lunettes. Oh et puis tiens, lis-la-moi. Je préfère !

Charles se racle la gorge, déplie le feuillet et d'une voix ferme comme s'il s'adresse à une population entière, commence sa lecture :

« Cher grand-père,

Je ne t'appellerai pas Pépé Charles parce tout le monde t'appelle ainsi. Moi je suis ton petit-fils, donc tu es mon grand-père. Je t'écris tout ça parce que je ne sais pas par quoi commencer. J'ai plein de choses à te dire et pourtant j'hésite. Maman me reproche toujours de tourner autour du pot. Bon alors je commence : je suis très content d'avoir fait ta connaissance même si je ne t'imaginais pas exactement comme ça. Mais bon je ne suis pas déçu.

À ce moment de sa lecture, Pépé Charles ne peut s'empêcher de sourire. Il a donc réussi son examen de passage puisque le petit l'accepte comme il est !

Sur le chemin du retour, après la fête annuelle à Tourrettes, papa resta muet. Il semblait être allé faire un tour dans une autre planète et maman n'arrêtait pas de me questionner pour savoir ce que l'on s'était dit. Je ne pouvais pas tout raconter parce que je voulais d'abord en discuter entre hommes avec mon père. J'ai juste parlé de Gustave notre ami et de Chaton. Maman se doutait bien que nous n'avions pas passé une journée entière pour si peu de choses.

- Tiens ! C'est juste comme je te le disais, l'interrompt Berthe.

Charles lui fait les gros yeux et reprend sa lecture, cette fois d'une voix légèrement agacée :

J'ai dit que tu t'étais endormi et elle a souri. C'est comme ça les vieux m'a-t-elle répondu. Je n'ai pas apprécié sa réponse mais comme j'avais mon secret, je me suis tu. Arrivés à la maison, papa m'a regardé bizarrement. J'ai mis un doigt sur ma bouche en lui faisant un clin d'œil et j'ai vu qu'il avait une boule qui montait et descendait dans sa gorge, comme s'il essayait d'avaler un bonbon. Maman a voulu que j'aille tôt au lit, le lendemain, papa est parti sur un chantier. Il est rentré une semaine plus tard. Il est encore reparti sans que j'aie eu le temps de lui parler comme s'il m'évitait. Je savais que tu attendais de nos nouvelles avec impatience, alors j'ai eu cette idée de t'écrire. Je te contacterai dès que possible. Je t'embrasse. Simon

PS : Est-ce que je suis comme tu l'imaginais ? Tu ne m'as rien dit !

Berthe semble admirative. Ce petit, il se débrouille déjà bien, pense-t-elle, en son for intérieur. Elle ne donne aucun avis. Une inquiétude traverse son esprit. Charles a une famille et elle que va-t-elle devenir ? Sa générosité s'impose face à son angoisse. Il faut venir en aide à Charles, mais comment ? Peut-être pourrait-elle l'aider à rédiger la réponse de Charles à Simon ? Mais en un éclair, un raisonnement logique lui traverse l'esprit :

- Puisque tu as son numéro de téléphone, appelle-le, ça ira plus vite !

- Pour lui dire quoi ? C'est encore plus difficile sans se voir. Et puis il va me demander comment j'ai eu son numéro. Je ne veux pas trahir Éloïse, la petite postière.

- La trahir ! Comme tu y vas ! Elle n'a fait que son boulot. D'ailleurs si c'était un secret, ton fils serait sur une liste rouge et tu n'aurais eu aucun renseignement.

- Mais de quoi tu parles ?

- C'est la fille de Germaine. Elle avait des ennuis avec des petits voyous qui l'appelaient au téléphone nuit et jour. Si tu savais les insanités ...

- Enfin quel est le rapport avec la fille de Germaine ?

- Si tu me laissais terminer ma phrase ! On lui a conseillé de se mettre sur une liste rouge, ce qui veut dire que personne ...

Charles et Berthe se chamaillent comme deux gamins. C'est à celui qui aura le dernier mot. Chaton, en sautant sur les genoux de Charles met fin à la conversation décousue des deux amis. Il miaule pour réclamer sa pâtée qui, aujourd'hui, tarde à venir. Charles lui caresse l'échine de sa main rugueuse. En se levant il se cogne la tête sur une branche basse de Gustave qui jusque-là s'est bien gardé d'intervenir.

- Bon c'est ma fête, dit-il en se grattant le haut du crâne ! Je vais avoir une belle bosse. Il faut que j'y aille Berthe. Si tu as une meilleure idée que le téléphone, tu me fais signe.

Berthe grimace de colère. Elle n'apprécie pas l'humour un peu caustique de Charles.

- Puisque tu le prends sur ce ton, tu n'as qu'à te débrouiller tout seul, lui lance-t-elle revancharde !

Elle tourne les talons et rentre chez elle, bien décidée à ne pas se mêler de cette histoire.

XII – La réponse

Charles enfin seul, occupe son esprit et ses mains. Il commence par nourrir Chaton qui gratte la porte du réfrigérateur depuis un moment. Lentement, il remplit le bol de lait, cherche dans le placard une petite boîte de délice de gourmets. Chaton est très difficile. Il ne mange pas n'importe quoi. Il n'aime pas les restes dont parfois Charles veut se débarrasser. Il n'aime pas non plus les croquettes. Il aime par-dessus tout le poisson. Il se souvient de la fois où il avait gagné un petit poisson rouge dans un bocal lors d'une tombola. Des écoliers étaient venus lui vendre un billet. Lui qui n'avait jamais rien gagné, s'est retrouvé avec ce nouveau locataire. Plusieurs fois il surprit Chaton une patte dans l'eau du bocal essayant d'attraper le poisson. Il dut le rapporter à l'école sans quoi Chaton n'en aurait fait qu'une bouchée. Le thon en boite le rend fou, il se jette sur les mains de Pépé Charles qui essaye avec difficulté d'en vider le contenu dans sa gamelle. Chaton repousse la fourchette d'une patte et de son museau engloutit à une allure vertigineuse les morceaux de thon. Il lèche le jus dans la gamelle d'un coup de langue régulier. Il n'en laisse pas une miette, ni une goutte au point qu'il n'y a pas besoin de faire la vaisselle. Rituellement il miaule pour réclamer un supplément. Enfin, sachant pertinemment qu'il n'aura rien d'autre, il se pourlèche les babines, fait sa toilette en mouillant sa patte de sa langue et en l'appliquant sur son minois, et s'en va tranquillement, la queue en panache, faire le tour du village.

- Ne me remercie surtout pas ! Va voir tes copines et ne me reviens pas tout déchiré. La Berthe, partie fâchée, ne voudra pas nous filer un coup de main pour te rafistoler.

Charles s'attaque enfin à la préparation de son petit déjeuner. Il sort son moulin à café, et tout en tournant la manivelle pour broyer les grains noirs, il réfléchit au meilleur moyen de contacter Simon sans créer de dégâts. Il remplit sa petite casserole d'eau et la met à bouillir. Un sentiment bizarre l'envahit. Est-il prêt à retrouver une famille ? Il n'est plus sociable depuis longtemps, mis à part Berthe, il ne parle plus à grand monde. Saura-t-il faire bonne impression auprès de sa belle-fille ? Et son fils Aurélien ? Vont-ils se reconnaître après toutes ces années de silence et d'absence ? L'eau qui fait de gros bouillons dans un bruit de grondement ramène Charles sur terre. Il verse une généreuse dose de café et avant que l'eau et le café n'émulsionnent et ne débordent comme un volcan en éruption, il éteint le feu et retire sa casserole qu'il dépose sur un petit dessous de plat, une spirale en fer forgé. Il lui faut réfléchir et le mieux serait d'aller s'asseoir sur son banc, près de Gustave. L'air frais matinal fera du bien à son cerveau en effervescence.

- T'aurais pas un peu de rabiot de café pour moi Charles ? Il sent si bon que son arôme est venu me perturber jusque chez moi. J'en salive déjà !

Berthe, penaude, revient vers Charles. Elle ne sait pas comment aborder le sujet qui les inquiète tous les deux. Elle a sa fierté tout de même. Mais Charles a besoin d'elle, comme d'habitude et elle veut lui tendre la main. Il remplit la tasse apportée par Berthe et la lui tend en la fixant d'un regard complice.

- J'ai une suggestion, dit-elle.

- Tu ne vas pas encore me parler de téléphoner ?

- Si ! Mais c'est moi qui vais téléphoner. Et j'ai trouvé une excuse. Je vais proposer mes services de femme de ménage. Vu que la maman de Simon est enceinte jusqu'aux dents, elle aura besoin d'aide.

- Mais tu n'es pas femme de ménage !

- Je suis une fée du logis et de toute façon c'est juste pour les approcher. Je t'explique. Je fais le numéro et si c'est ta belle-fille qui décroche, je lui propose mes services. Si c'est Simon, je lui dirai que je suis ta voisine, que tu t'ennuies et qu'il doit venir avec son père.

- Tu es complètement folle ! J'aurai l'air de quoi moi ? De quelqu'un qui n'a pas le courage de faire ses commissions tout seul ? Par contre moi je viens d'avoir une excellente idée. Je vais rédiger une lettre en réponse à la sienne et tu iras la lui porter à la sortie de l'école. Qu'en penses-tu ?

- Et j'y vais comment ? Les jambes à mon cou ?

- En autocar ! On se renseigne sur les horaires et tu fais l'aller – retour dans la journée.

- Primo, je ne connais pas Simon. Tu me vois arrêter tous les mômes et leur demander : eh c'est toi Simon ? Deuxio, tu ne sais même pas quelle école il fréquente et tertio, c'est les vacances scolaires. Donc ton idée excellente est encore plus débile que la mienne.

- On fait comment alors ? dit Charles d'une voix accablée.

- Alors, il n'y a qu'une alternative, soit tu attends que ton fils se manifeste, soit tu écris ta lettre en t'adressant à la famille, sans dire que tu as reçu la lettre de Simon. Tu dis que tu aimerais les inviter à partager un gâteau, un dimanche pour ton anniversaire.

- Je viens juste de fêter mon anniversaire, j'aurai le temps de dépérir jusqu'au prochain !

- Justement, tu verras comme ça s'il se souvient de ta date de naissance.

Un silence règne en maître entre les deux amis, chacun prisonnier de ses pensées. Charles est le premier à réagir.

- Tu es géniale, ma Berthe. Tu viens d'avoir une idée de génie !

Géniale, génie, marmonne Berthe. Sa modestie est sincère mais au fond elle est ravie. Enfin Charles apprécie ses conseils !

- T'emballe pas, je voulais dire que tu m'as donné une idée avec ton histoire de gâteau d'anniversaire. On va plutôt dire que c'est ton anniversaire et que tu voudrais les inviter en guise de bienvenue dans le pays. Cela ils ne pourront pas le vérifier, puisqu'ils ne te connaissent pas. C'est pas mal non ? Viens entrons et écrivons cette lettre sans plus tarder.

L'enthousiasme de Charles fait plaisir à voir. Il en est certain, ça va marcher !

- Mouais ! Et c'est moi qui passe pour une menteuse. Tu n'as pas un meilleur rôle à me faire jouer ? Mais bon ! Si c'est pour la bonne cause, après tout pourquoi pas ! Allons-y !

Le plus dur reste à faire, celui de trouver le ton juste, les mots chaleureux, pour ne pas essuyer de refus. Alors là, ce serait le drame et Charles ne s'en remettrait pas !

Charles cherche fébrilement le bloc de papier à lettres. Il n'est pas de première fraicheur. Le rebord est quelque peu jauni et les bords des feuilles rebiquent. Il avait appartenu à Noëlle et il n'avait plus servi depuis. Tous deux restent pensifs un moment.

- Allez vas-y écris, Charles : *Cher monsieur, nous avons appris votre nouvelle arrivée dans le pays, enfin dans notre village, et nous savons aussi que vous avez un petit garçon.*

- Mais pourquoi tu dis NOUS, l'interrompt Charles, le stylo à la main pointé vers le ciel, le sourcil interrogateur ?

- S'il te plait, ne me coupe pas l'inspiration ! Relis pour voir un peu depuis le début.

Charles obtempère. Il relit les quelques lignes à haute voix reprenant le ton du maître d'école qui annonce le sujet d'une rédaction.

- Très bien on continue ! *Notre petit-neveu, Sébastien, passe ses vacances chez nous et s'ennuie un peu.*

Charles ouvre de grands yeux.

- Tu délires ma pauvre Berthe. C'est qui *notre petit-neveu ?*

- Mon petit-neveu Sébastien, le petit-fils de ma sœur aînée.

- Il ne vient jamais ici ! Je ne me rappelle guère l'avoir croisé un jour !

- Mais bien sûr ! Il habite à Paris et ne séjourne dans la région que pour les vacances. Bon ça va ! Je ne vois pas ma famille, ce que je regrette bien d'ailleurs. C'est chacun pour soi ! Mais tu me fais perdre le fil, avec tes questions stupides. On perd du temps ! On reprend : ... *Comme nous sommes en période de vacances scolaires, nous avons pensé que Sébastien pourrait faire des parties de ballon avec votre petit ou aller à la pêche avec Pépé Charles...*

- Super bonne d'idée ! s'écrie Pépé Charles, se tapant vigoureusement la cuisse. Mais, comment le sais-tu que c'est mon vœu le plus cher ?

- On continue, crie à nouveau la modeste Berthe, fronçant les sourcils comme l'aurait fait une maîtresse d'école devant des enfants indisciplinés. ... *Vous pourriez l'accompagner le matin et le reprendre le soir, ou si les enfants s'entendent bien, le laisser dormir chez nous.*

Pépé Charles en a les larmes aux yeux. Cela fait aussi partie de son rêve secret de garder le petit Simon chez lui. Elle est vraiment maligne la Berthe se dit-il. Il se lève pour l'embrasser d'un baiser sonore sur le front, il renifle pour cacher son émotion et propose à Berthe de boire un petit coup de sa liqueur de citron. Finalement pas trop mauvaise ajoute-t-il un brin taquin.

- Eh bien non ! Tu en auras lorsque tu me diras qu'elle est succulente, qu'elle te ravit le palais, qu'elle se faufile gouleyante dans la gorge, pour finir par t'enflammer le ventre au point de te faire voir les étoiles en plein jour.

- Rien que ça !

- C'est exactement ça ! On croirait à un mirage tant le bien-être vous prend et vous chavire !

- Allons bon ! Et si tu réservais ton âme de poétesse à notre lettre ?

- Arrête Charles de « m'asgagacer ».

- On dit « de m'agacer ».

- Bravo, fais le malin à me chercher des petites bêtes, et tu vas finir ta lettre tout seul.

- Allez ma Berthe, ne te fâche pas. C'était pour te faire plaisir que je t'ai parlé de ta liqueur au citron. C'est même pas l'heure de l'apéro !

- Bon ! C'est tant mieux parce que j'ai la flemme d'aller chez moi chercher la boisson. Allez ! Tu me relis le tout pour que j'y voie plus clair.

Charles inspire profondément, prend la feuille et la tenant des deux mains, l'éloigne un peu pour faciliter la lecture. Comme à chaque fois, il s'éclaircit la voix et bombe le torse :

Cher monsieur,

Nous avons appris votre nouvelle arrivée dans le pays, enfin dans notre village, et nous savons aussi que vous avez un petit garçon. Notre petit-neveu, Sébastien, passe ses vacances chez nous et s'ennuie un peu. Comme nous sommes en période de vacances scolaires, nous avons pensé que Sébastien pourrait faire des parties de ballon avec votre petit Simon ou aller à la pêche avec Pépé Charles. Vous pourriez l'accompagner le matin et le reprendre le soir ou si les enfants s'entendent bien, le laisser dormir chez nous.

- C'est bien et pas bien finalement, s'écrie Charles. À la relecture je réalise que tes « nous, notre » va faire croire à mon fils que nous vivons ensemble et peut-être plus grave que nous sommes mariés. Il va fuir à toutes jambes. Pourquoi on ne repartirait pas plutôt sur ton gâteau d'anniversaire ?

- Parce que je ne veux pas passer pour une menteuse. Imagine qu'il aille commander un gâteau à la boulangerie. La boulangère c'est mon amie d'enfance et elle va lui rire au nez. *« L'anniversaire de Berthe ? Mais c'est en janvier jeune homme » !* Le mensonge ne mène à rien de bon. Un jour ou l'autre tu tombes dans le fossé creusé par tes mensonges et la chute est terrible. De plus, comme tu ne sais plus toi-même ce qui est vrai ou faux ou ce que tu as pu inventer et comment remonter la fosse à purin, t'es enfermé dans un piège à rats !

- Et quand tu vas parler de ton neveu Sébastien, tu ne vas pas mentir peut-être ? Tu comptes le sortir de quel chapeau de magicien ce neveu ?

- Pas du tout ! dit-elle avec un aplomb à trancher une bûche de chêne. Figure-toi que moi aussi la solitude me pèse. J'ai envie de rompre avec les broutilles qui m'ont fait tourner le dos à ma sœur. Un jour je te raconterai.

- Commence tout de suite ! Ensuite on pourra terminer ma lettre. À moins que tu ne traînes volontairement pour te faire inviter à déjeuner ? Je mitonne une daube, tu sens ?

- Tu sais bien que j'en raffole ! Je me dépêche d'aller déboucher une bonne bouteille de ma cave, réservée aux bonnes occasions. Le temps de la faire décanter et j'arrive.

Elle se lève espérant avoir créé une diversion. C'était mal connaître Charles. Les deux mains sur ses épaules, il l'oblige à se rasseoir.

- Vas-y raconte !

- C'est de l'histoire ancienne. Laisse tomber ! Finissons plutôt ta lettre pour qu'elle parte au courrier de ce soir.

- Tu brûles d'envie de raconter, allez, ne te fais pas prier, rétorque Charles sur un ton très sérieux.

XIII – Les aveux

- OK ! Mais surtout ne m'interromps pas car je suis un peu gênée de te raconter ma discorde avec ma sœur. Figure-toi que j'étais amoureuse de toi depuis toujours.

Elle baisse les yeux devant l'air ébahi de Charles.

- Tu le sais parfaitement mais vous les hommes vous vous transformez parfois en autruche. La tête dans le sable, toi tu l'avais dans les chaussures. Mes parents cherchaient à me marier et je trouvais toujours une bonne excuse pour évincer le prétendant. C'est toi que je voulais et personne d'autre ! Et j'y serais arrivée si Noëlle ne s'était pas pointée avec sa chaussure au talon cassé. Je passe sur le reste de l'histoire. Sauf que ma sœur s'est moquée de moi et est allée dire à tout le monde que j'étais cocue avant d'être mariée. Toi qui me défendais toujours, tu t'es inscrit aux abonnés absents. Forcément ! Tu étais amoureux de Noëlle. La tristesse et la honte m'ont habitée de longs mois. Je ne voulais plus sortir de chez moi et lorsque ma sœur est partie aux bras de son mari, elle m'a dit « tu fêteras Sainte Catherine. Tu seras la vieille fille du village ». Elle ne s'est pas trompée. Tu connais la sentence : à vingt-cinq ans les jeunes filles, histoire de trouver un mari, doivent porter un chapeau confectionné par leur entourage et se pavaner avec dans tout le village. Bien évidemment, j'ai coiffé le chapeau des Catherinettes lors de mes vingt-cinq ans. Ma frangine l'a décoré avec une chaussure jaune collée sur une feutrine verte décorée de petits clous. Je ne lui ai jamais pardonné de m'avoir ridiculisée ainsi devant tout le monde. Mais en même temps, maintenant que j'y réfléchis, elle voulait sans doute m'envoyer un signe afin de me voir heureuse et mariée. C'est sa façon de s'y prendre qui m'a déplu. Aujourd'hui il est temps d'arrêter cette haine entre sœurs. Je voudrais faire la paix. C'est toi qui me tends la perche pour y arriver. On va se servir des enfants, ainsi tout le monde sera content.

Ses yeux cerclés de ridules se plantent dans ceux de Charles. Un silence aussi lourd qu'un sac de pierres tombe sur leurs épaules. Charles pense égoïstement que son problème à régler en a soulevé un autre, celui de Berthe. Berthe, quant à elle, regrette ses confidences. Elle craint d'effrayer Pépé Charles qui n'a pas voulu s'encombrer d'une femme. Il l'aime comme une amie, hélas ! À présent, leurs rapports risquent d'être malaisés. Elle ne veut pas le perdre. Elle juge qu'il faut réagir et vite :

- Écoute Charles, je ne me suis pas mariée parce que je ne voulais pas m'empêtrer d'un mari. Voilà tout ! Ne t'en fais pas, tu n'y es pour rien. Allez ! On la finit cette lettre ?

Charles ne l'écoute plus. Il a le sentiment qu'une main le tire en arrière pour lui remémorer de vieux souvenirs. Une voix lui dit *« ne te retourne pas, c'est du passé ».* Une autre voix plus agressive lui susurre *« souviens-toi de la petite Berthe qui partageait ses goûters avec toi, qui t'avait consolé quand tes parents décédèrent, l'un après l'autre, qui t'a sorti des toilettes où tu pleurais à en mourir à la disparition de Simone puis de Noëlle».* Berthe, encore Berthe, toujours Berthe et jamais une plainte, vaillante Jeanne d'Arc !

- Pardon, ma Berthe de n'avoir rien vu, rien compris, pris que j'étais par ma propre vie dénuée de toute joie. Le bonheur pour moi n'avait plus de sens et toi tu ne t'es jamais révoltée, ni n'as exigé quoi que ce soit.

- Mais de quoi tu parles, mon Charles ? Tu es mon ami et c'est tout ce qui m'importe. Surtout ne perdons pas notre temps à larmoyer. Regarde le soleil est bien haut, il est presque midi et la faim me tenaille l'estomac. Quand j'ai faim je ne suis plus bonne à rien. Sers ta daube, pendant ce temps je m'occupe du vin et j'arrive.

L'émotion trop forte qui la submerge la fait fuir. Arrivée chez elle, Berthe s'affale sur une chaise de la cuisine. La tête dans ses mains, elle laisse s'écouler le trop-plein de larmes qui se pressent au bord de ses cils. Elle hoquette. Elle ne sait pas pourquoi elle pleure. Elle ne sait pas pourquoi elle a ressenti le besoin de se confier à Charles. Elle ne sait pas pourquoi elle veut faire la paix avec sa sœur. Elle ne sait plus rien. Il lui faut remettre de l'ordre dans sa vie, ça elle le sait. Elle l'a su dès l'instant où elle a appris que Charles a retrouvé sa famille. Son cœur bancal reçoit un électrochoc. Elle doit réagir, avant qu'il ne soit trop tard !

XIV – Le déjeuner

Les deux amis passent un agréable moment à boire la bonne bouteille apportée par Berthe et à déguster la daube bien mijotée par Charles. Il n'est plus question de lettre, ni d'anniversaire, ni de sœur, ni de petit-neveu, ni de Simon. Ni de rien ! Il n'est plus question de mensonges, ni d'excuses, ni de solution prise à la hâte pour approcher leur famille respective. Charles fait mine de ne pas remarquer la tristesse et les yeux gonflés de Berthe. Il ne veut pas gâcher ce moment complice qui les lie intimement. Celle-ci, un peu honteuse d'avoir avoué ses sentiments, préfère ne pas tarir d'éloges sur la daube, lui donne quelques conseils pour la prochaine fois et l'invite même à déjeuner pour le lendemain sans savoir ce qu'elle lui préparerait. Elle a des réserves dans son cellier et des ressources d'imagination qui ne pourraient que séduire Charles. Par exemple, ces champignons cueillis dans les sous-bois et conservés dans des bocaux pour l'occasion. Sur du riz au safran, ça lui plairait ! Ou bien, tiens une petite ratatouille avec les légumes du jardin. En y cassant des œufs accompagnés de quelques mouillettes, un vrai régal. Pourquoi faire compliqué quand la simplicité peut parfois ravir le palais. Bon il fera jour demain !

En raccompagnant Berthe jusqu'à sa porte, Charles d'humeur revigorée, sifflote un vieil air bien connu qui fait accourir Chaton. Comme à l'accoutumée celui-ci se frotte sur les jambes du pantalon de son maître. Puis il passe entre les gambettes de Berthe qui pouffe de rire.

- On est bien ainsi mon Charles, quelle belle journée, n'est-ce pas ?

- Certes ! Mais j'ai besoin de ma famille, répond-il en détournant aussitôt son regard.

- Moi de la mienne ! Là-dessus on est bien d'accord, hurle Berthe qui ne perd pas le nord.

- Bon ! On y réfléchit tranquillement. Je vais aller piquer un somme, rien de tel qu'un petit roupillon pour retrouver la forme.

- Bonne sieste Charles.

Quatre grosses bises tonitruantes parachèvent leurs propos. Charles ne peut pas aller dormir. Il a trop mangé et trop bu. De plus, toutes ces histoires l'ont remué. Il va s'asseoir sur son banc. Gustave ne bronche point.

- Eh ! Gustave, ne fais pas semblant de dormir. D'ailleurs est-ce que tu dors quand tu dors ? Est-ce qu'un arbre ça dort ? C'est bête ce que je te dis là, mon Gustave, mais je suis tout chamboulé à cause de Berthe et j'en perds la tête. Bon d'accord, on a un peu bu. Tu te rends compte elle ne s'est pas mariée parce qu'elle m'attendait ? Elle m'aime depuis tout ce temps et moi pauvre idiot, je n'ai rien vu. Pépé Charles hoquette, une remontée d'huile le prenant à la gorge. Je vais te faire une confidence, là je suis sûr que tu ouvres un œil pour m'écouter. Moi aussi j'ai fini par tomber amoureux d'elle. Un amour platonique. Sa présence emplit mes jours, mais mes nuits je les réserve pour ma Noëlle. Un amour platonique ça a son charme aussi. Tu ne sais pas ce que veut dire un amour platonique ? C'est un amour qui ne fait de mal à personne plutôt du bien ! Ça ressemble un peu à de l'amitié mais en plus fort. Tu vois ce que je veux dire ?

Un léger vent fait bruisser Gustave. Ce pourrait être sa réponse lorsqu'une souris trottine près d'eux vite rattrapée par Chaton qui, d'un bond, la serre dans sa gueule puis la dépose aux pieds de Charles, sanguinolente et tressautant dans un dernier sursaut de vie pour finir raide.

- Sacré Chaton. Tu n'es même pas un véritable prédateur, puisque cette malheureuse souris ne te servira pas de repas. Non ! Tu l'as attrapée juste pour me faire un cadeau mais que veux-tu que j'en fasse ? Bon rentrons, je commence à fatiguer, le sommeil me gagne.

XV - Léa

Depuis l'envoi de sa lettre, Simon guette la factrice qui passe tôt tous les matins. Il se demande si sa missive est bien parvenue à Pépé Charles. Si celui-ci va lui répondre et en même temps il emploie des ruses de Sioux pour que ses parents ne surprennent pas son manège matinal. Le quatrième matin, n'y tenant plus, il décide de l'aborder. Poliment il la salue et lui demande :

- J'ai envoyé une lettre à quelqu'un et je voudrais savoir s'il l'a bien reçue.

- Ta lettre est-elle partie en courrier recommandé ?

- En courrier recommandé ? Non ! Cette personne est très connue, donc ma lettre aurait dû arriver.

- Petit, sais-tu combien de lettres sont acheminées tous les jours ? Des milliers ! Donc si on veut être sûr qu'une lettre a bien été distribuée, il faut l'envoyer en Recommandé. C'est une preuve tu comprends ? Et mieux encore, avec accusé de réception, comme ça on a la date exacte du passage du facteur. Mais ne t'inquiète pas, les lettres arrivent toujours. Tu sais on a retrouvé des lettres postées pendant la guerre, d'un fiancé, d'un fils et qui sont arrivées des dizaines d'années après. C'est sûr, c'est trop tard mais elles arrivent un jour ou l'autre, c'est comme les hirondelles au printemps. Enfin pas tout à fait, parce que les hirondelles ... bon, je m'égare !

- Merci Madame, je ne savais pas pour le Recommandé.

La factrice qui semble prendre en sympathie le pauvre Simon complètement désemparé, repart de plus belle dans ses explications :

- De plus, si un destinataire n'habite pas ou plus à l'adresse indiquée, si l'adresse est incomplète, si une lettre est insuffisamment timbrée, il y a un service « retour à l'expéditeur » qui les récupère et les renvoie. Mais il faut compter une bonne quinzaine de jours. Au fait, as-tu pensé à mettre ton adresse au dos de la lettre, au cas où ?

- NON ! gémit Simon.

- Voilà ! Tu le sauras pour la prochaine fois. Tu m'as dit que la personne à qui tu as adressé ta lettre est très connue. Alors sois patient.

Simon, de désemparé devient agacé ! Il se sermonne : « *Sois patient* ». Il aura dix ans le mois prochain et Pépé Charles devra être de la fête, sinon il ne voudra pas de fête !

En rentrant chez lui, il allume la télévision, plus par réflexe que par envie ou nécessité. Il n'a pas vraiment la tête à ça mais il est seul et le bruit lui tiendra compagnie. Il commence à actionner la télécommande sans trop savoir ce qu'il veut regarder. Puis le générique des informations le surprend. Lorsque ses parents regardent la télévision dans la cuisine à l'heure du dîner, il doit se taire. Tout du moins pendant l'énoncé des titres. *« Chut écoute au moins les titres »* ! Après il a droit aux commentaires de l'un ou de l'autre à tout bout de champ, au point que plus personne ne suit l'information dans son intégralité.

Là, il donne libre cours à sa liberté d'expression en ponctuant chaque phrase du commentateur :

- *Il fait chaud ! Buvez de l'eau. La canicule ...*

- Je m'en fous, j'ai pas soif !

- *Paris Plage referme ses portes ...*

- Je m'en fous. Papa l'a dit l'autre jour, une plage à Paris, à quand une station de ski en hiver ? C'est du n'importe quoi !

- *Les résultats des matches de foot de première division ...*

- M'en fous, m'en fous, m'en fous. Après les J.O., le foot. M'en fous je te dis !

- *Et pour terminer, la météo des prochains jours ...*

- Je m'en fous ! De toute façon papa ne rentre pas ce week-end et maman continue à donner des cours à des tarés qui ne comprennent rien ! Pour arrondir les fins de mois dit-elle, comme pour s'excuser. À cette phrase répétée à l'envi par sa mère, il pense au ventre bien rond de celle-ci et à la naissance très proche de sa sœur Noëlla. Il doit lui faire une place dans sa chambre. « *Pas question avait-il répondu ! C'est MA chambre* » ! Ses parents n'avaient pas insisté. Il sait pertinemment qu'ils n'ont pas le choix. Lui non plus !

Il éteint rageusement la télévision, jette la télécommande sur la table basse et s'allonge. Un bras replié sur la tête, les genoux serrés, il se recroqueville sur sa peine. Il repense à cette journée de fête où il a rencontré Pépé Charles. Avant de le quitter, il aurait dû aller chercher son père et lui dire qu'il savait tout. Il n'avait pas réfléchi ! Et sa mère qui n'arrêtait pas de l'appeler : *« Simon laisse Pépé Charles tranquille », « Simon va jouer avec les enfants », « Simon on rentre ».* Savait-elle que ce Pépé Charles était son pépé à lui ? Les grandes personnes sont égoïstes, conclue-t-il !

Simon a promis à Pépé Charles qu'ils se reverraient très vite. Quinze jours déjà sans nouvelles, d'où l'idée de lui envoyer cette lettre. L'envie de le retrouver le démange. Il y a bien un moyen. Le mois dernier il avait été bluffé par l'aventure d'un jeune garçon de onze ans qui avait réussi à embarquer dans un avion, tout seul. Il voulait aller à Rome. Lui veut aller à Tourrettes. Pas besoin d'avion. Il se redresse brusquement. Il fera du stop. Mais qui le prendrait ? Il sera arrêté par la police, comme l'autre garçon et reconduit chez lui. Non, Il faut trouver autre chose. Si encore il pouvait utiliser son vélo. Mais son vélo a une roue voilée, sans parler des freins qui grincent et ne répondent plus. Pour s'arrêter, il fallait freiner avec les pieds. « *La réparation coûtera plus cher que d'en acquérir un neuf* » avait donné comme excuse son père. Celui-ci n'avait aucune envie de passer du temps sur une épave qui n'était autre que le vélo de Simone sa sœur, la tante que ne connaitra jamais Simon. Pour autant, son père repousse sans arrêt l'option de lui en acheter un autre. Pour lui, les vélos représentent un danger mortel. À Noël, peut-être ! Et encore avec l'arrivée de la petite sœur, ils auront d'autres priorités ! Pas juste !

Simon se résigne. Il prendra l'autocar. Il a de l'argent dans sa tirelire et personne n'y trouverait à redire du moment qu'il paie son billet. Comme il fait plus grand que son âge, ça passera. Une petite voix fluette, en son for intérieur, lui crie : « *pas si sûr ! Les gens sont perspicaces et te connaissent. Ici tout le monde connaît tout le monde* ».

Exact, enrage-t-il ! Deuxième option : se rapprocher d'une dame bien gentille, lui expliquer qu'il devait apporter un déjeuner à son grand-père qui est malade et lui demander en lui faisant les yeux doux si elle voulait bien de sa compagnie, elle ne pourra pas refuser ; ou bien non, c'est sa mère qui est malade et il doit aller la visiter à l'hôpital. « *Et si il n'y a pas d'hôpital à Tourrettes* » ? lui souffle la petite voix fluette bien cachée au fond de lui ? « *Ils font comment les gens qui tombent malades, maligne ?* s'énerve Simon. Puis il soupire. Il faut trouver autre chose. Le téléphone vient le surprendre dans ses tergiversations.

- Salut Simon, tu fais quoi ?

- Ah ! C'est toi Léa, rien je réfléchis.

Son ton maussade n'échappe pas à Léa sa petite amie.

- Tu réfléchis à quoi ? Moi aussi je m'ennuie un peu. Devine, je suis punie.

- Comme d'hab, ça t'change pas beaucoup !

- Oui mais cette fois c'est injuste ! J'ai pas rangé ma chambre comme il faut. J'ai fourré tout mon linge sale dans l'armoire sans trier, un peu aussi sous le lit et comme par hasard, ma mère voulait récupérer mon linge à laver et le bac était vide. C'est MA chambre. J'en fais ce que je veux ! Est-ce que je rentre dans leur chambre, MOI ? D'abord c'est interdit, il faut taper à leur porte et moi ça m'énerve ! Eux ils entrent sans frapper. Ils ont tous les droits !

La révolte gronde et dégage des bruits de tonnerre dans la voix de Léa. Simon coupe court aux états d'âme de Léa. Ce n'est guère le moment. Il a soudain envie de lui parler de Pépé Charles. Elle ne l'avait pas rencontré à la fête du village. Deux zéros l'avaient retenue punie chez elle. Léa est aussi délurée qu'inventive. Elle trouve toujours une occupation, un moyen de s'agiter. Ses parents ne la surveillent pas beaucoup, ce qui lui laisse les coudées franches pour n'en faire qu'à sa tête et donc elle se déplace à sa guise, sauf quand elle est punie. Cela arrive régulièrement. De plus elle a un beau vélo, avec la selle et le guidon qui se règlent. Simon reprend espoir. Léa allait le sortir d'affaire.

- Tu peux venir au square ? J'ai un secret.

- Ouah ! Un secret ? J'peux pas, je viens de te dire que je suis punie ! Viens toi et si on nous surprend, je dirai que tu ne savais pas pour la punition et que c'était impoli de te laisser dehors.

- OK ! J'arrive avec un livre pour faire semblant de lire. Tes parents seront ravis de nous trouver bien sages et studieux.

- Dépêche-toi, vite ! Un secret ! J'espère que ce n'est pas un secret de Polichinelle.

- Il n'y a que toi pour dire des âneries pareilles. Je regrette déjà...

- Mais non, ne te fâche pas.

- Bon ! J'arrive !

Simon ne se fait pas prier plus longtemps. Il met quelques minutes pour traverser tout le quartier les jambes à son cou et rejoindre Léa. Elle guette à la fenêtre telle Pénélope, son Ulysse. Elle trépigne, tant elle est pressée de connaître le secret. Elle grimpe sur une chaise pour aller chercher la clé cachée dans un pot à farine en faïence posé sur une étagère à côté de plusieurs autres de tailles différentes. Un pour le sel, un pour le sucre, un pour… En fait, ces pots sont enrôlés pour des fonctions différentes de celles prévues par leur créateur. Ils servent de décoration ou de cachettes. Dans l'un, il y a de la monnaie pour les pourboires du facteur, du livreur ou pour les bonnes œuvres. *« Un peu de monnaie rend toujours service »* dit sa mère. Dans un autre, on y fourre les fèves des galettes des rois, des petits Pères Noël sur un traineau, récupérés d'une année sur l'autre. On entasse le tout en vue d'une utilisation future, en réalité on ne s'en sert que rarement. Ainsi, la clé de la maison se trouve dans celui de la farine, au cas où. Au cas où quoi, a demandé Léa ? *Pour te sauver au cas où tu mettrais le feu à la maison* a répondu son frère en rigolant. *J'aurais plus vite fait de passer par la fenêtre, idiot* ! *On est au rez-de-chaussée.*

Elle se félicite qu'aujourd'hui « ce soit le cas où ». Elle se dépêche d'ouvrir la porte et fait entrer Simon, trempé de sueur et haletant. Il se plie en deux, les mains sur les genoux pour reprendre son souffle. Puis il lui claque un baiser sur une joue et sans attendre qu'elle le lui rende, va s'asseoir sur la banquette.

- Tu as oublié le livre. Pas grave ! Ici il y en a plein. Par contre ton secret est bien avec toi ?

Face aux galéjades de Léa, il n'a plus envie de se confier. Elle trouverait le moyen de lui éclater de rire au nez. Il aime bien Léa mais parfois elle est agaçante, comme toutes les filles. Il ne sait pas très bien pourquoi il dit ça, il ne connait qu'une fille :

Léa. C'est un sujet de plaisanterie entre ses parents. Les filles ceci, les filles cela. Surtout depuis l'échographie où le médecin leur a annoncé « c'est une fille ».

- Je voudrais aller à Tourrettes et j'ai besoin de ton aide.

- Et c'est ça ton secret ? Pour quoi faire aller à Tourrettes ?

- Pour me promener ! Mais comment faire ?

- Te promener ? C'est quoi cette lubie ? Simon, tu me caches quelque chose ou tu es sur le point de faire une bêtise !

Léa a pris le ton de sa mère quand elle grondait son grand frère.

- Tu es mon amie ? Alors tu dois m'aider sans poser de questions crie Simon.

- Pas d'accord ! Je veux bien t'aider mais en connaissance de cause. Si tu n'as pas confiance en moi, alors tant pis pour toi. Parce que tu comprends, je n'aime pas trop les cachotteries et si je dois me faire attraper ...

- Attends, respire un bon coup et reprends ton souffle. Tu vas t'attraper un infractus.

- Un infarctus, idiot ! Je le sais parce que mon grand-père a failli mourir d'un in-far-ke-tus (elle avait martelé chaque syllabe d'un temps d'arrêt). Il a été sauvé de justesse.

Léa vit le visage de Simon se figer. Il n'apprécie pas de se faire reprendre ? Qu'a-t-elle dit de méchant ? Simon n'a pas de grand-père, et alors ? Elle réalise soudain que ce qui le chagrine, c'est qu'elle lui parle sans cesse du sien. Comme si elle se délectait d'un bon gâteau qu'il ne goûterait jamais.

Elle adore son grand-père. Après chaque punition, elle file à la maison de retraite où il séjourne depuis plusieurs années et elle lui relate ses frasques toujours suivies de punitions. Ils en rigolent de bon cœur. Son grand-père lui raconte qu'enfant il était espiègle tout comme elle aujourd'hui et qu'il en est fier. *« Tu es un vrai garçon manqué, ma Léa. Tu es la vie ! »*. Ensuite elle lui tend le paquet de petits nounours mous qu'elle lui a apporté. Elle guette sa réaction qui ne se fait pas attendre : au premier nounours enfourné dans sa bouche, il le recrache car il lui colle au dentier comme à chaque fois, mais il ne peut s'empêcher de perpétuer ce rituel rien que pour avoir le plaisir d'entendre Léa rire aux éclats. Une belle complicité les unit.

- Tu aurais aimé avoir un grand-père ? lance Léa sans réfléchir.

- Mais j'ai un grand-père, qu'est-ce que tu crois ?

Simon s'est rengorgé à cette affirmation.

- Et même je vais aller le voir !

- Ah bon ! À Tourrettes ? Je savais bien que tu me cachais quelque chose ces jours-ci.

- Oui, je l'ai rencontré à la fête annuelle du village. Si tu avais vu son regard plein d'amour. Il m'aime tu sais, j'en suis sûr !

- C'est normal, tous les grands-pères aiment leurs petits-enfants ! OK ! T'as qu'à y aller.

- Mais comment ?

- Pourquoi tu ne demandes pas à tes parents ? C'est de quel côté ?

- Comment ça, de quel côté ?

- C'est le père de ta mère ou de ton père ?

- De mon père ! Ils sont fâchés. Prête-moi ton vélo, je ferai l'aller-retour dans la journée. Je dirai à ma mère que je suis invité chez toi.

- Mais c'est loin Tourrettes. Tu ne vas pas y arriver. Attends j'ai une meilleure idée. On va au Château avec mes parents et toi tu dis à ton grand-père de nous rejoindre.

- Mais comment je le contacte ? Je lui ai écrit une lettre et il ne m'a pas répondu.

- Il ne sait peut-être ni lire ni écrire.

- C'est pas un homme préhistorique mon grand-père. C'était un cordonnier hors pair et maintenant il ne travaille plus. Mais je sais qu'il lit beaucoup. Des livres laissés par mon arrière-grand-mère. Donc s'il sait lire, il sait écrire !

- Pas forcément !

Sûre d'elle, elle hausse les sourcils en même temps que les épaules, les deux paumes des mains face au ciel.

- Écoute-moi, plutôt que de jouer la fille qui a réponse à tout ! J'ai demandé à la factrice et elle m'a dit qu'il fallait envoyer une lettre en Recommandé pour être sûr qu'elle arrive bien. Peut-être qu'il n'a pas reçu ma lettre ?

- Tu n'as qu'à recommencer en j'sais pas quoi !

- En Recommandé ! T'es stupide ma pauvre ! J'avoue que je ne sais pas très bien comment il faut faire non plus. Mais la factrice a l'air gentil, elle va m'expliquer. Tu crois qu'il ne sera pas fâché que j'insiste ? Et mon père qui tarde à rentrer ! Il paraît qu'il a pris du retard dans son boulot.

- Du retard mon œil ! Il est peut-être plus tranquille, seul, là-bas.

- Mais tu es complètement folle ! Depuis que maman attend *leur* bébé, Il est encore plus amoureux ! Et moi je n'existe plus !

- Et alors qu'est-ce que ça change ? Il a peut-être envie d'être tranquille ? Les femmes enceintes ont toujours quelque chose qui ne va pas. Elles font des caprices. Pour moi, maman avait envie de fraises en hiver. Elles ont mal au cœur, aux reins. Elles font les chochottes, quoi.

Léa, se tenant le dos du bras gauche, se cambre en sortant son ventre. Elle le caresse de la main droite, puis avance avec difficulté en singeant une femme enceinte. Elle rit aux larmes devant la tête ahurie de Simon.

- Arrête tu es bête. Maman ne fait pas ça !

Simon est outré des propos tenus par Léa. Elle est complètement folle ! Cependant il avait bien remarqué qu'à la maison depuis quelque temps ses parents se disputaient. Sa mère pleurait parfois en cachette mais ses yeux rougis la trahissaient. Son père lui avait expliqué que les femmes dans son état sont plus fragiles. Il le croyait ! Et si Léa avait raison ?

- Je vais appeler mon père pour lui demander de rentrer de toute urgence.

- Oui mais tu as un motif ?

- Je ne sais pas. Je trouverai bien une excuse, par exemple que maman a mal au ventre et qu'elle va sûrement accoucher très vite. Bon il faut que j'y aille !

XVI - La fugue

Simon rentre chez lui perturbé par les remarques de Léa. Il a envie soudain de faire plaisir à sa mère. Il ressort cueillir un petit bouquet. Dans sa précipitation il se prend un doigt dans la porte et jure comme un charretier. Il saigne et trace ses allers-retours puis revient sur ses pas et essaye de nettoyer avec une éponge en laissant des auréoles symptomatiques de son désarroi. Il met de l'ordre dans sa chambre, prépare la table. Il faut qu'il lui parle et pour cela il vaut mieux la mettre dans les meilleures conditions qui soient. Au fond n'est-ce pas légitime que l'aide vienne de sa mère plutôt que d'aller la chercher à l'extérieur ? Mais est-ce bien le moment ? Il jugera dès qu'elle apparaitra.

Lorsqu'elle passe la porte, elle sourit attendrie, devant la tache rouge, efflanquée d'un joli feuillage vert foncé, qui trône au milieu de la table. Une brassée fleurie, couleur sang, qui soupire d'aise en faisant trempette dans un vase transparent.

- C'est fête aujourd'hui ?

- Ben oui !

- Et c'est quelle fête ?

- La fête des amoureux. Papa t'en offre tout le temps à la Saint Valentin. Les fleurs c'est le plus beau cadeau pour ceux qu'on aime, et je les ai cueillies pour toi dans le jardin.

- Ah je vois !

- On dîne en amoureux tous les deux. Je pense à papa qui est tout seul dans sa chambre d'hôtel.

Le visage de sa mère s'empourpre :

- Mais qu'est-ce que tu racontes ? « *On dîne en amoureux* » ! Un fils et sa mère ne sont pas des amoureux. Tiens on va appeler ton père pour lui dire qu'on pense à lui.

- Non, non, pas la peine. Il doit être à son travail.

- Mais qu'est-ce qui te prend ? À cette heure-ci ! Il a terminé.

- Peut-être pas, il a dit qu'il avait pris du retard.

Sa mère est de plus en plus intriguée. Que se passe-t-il dans la tête de son chérubin ? Il n'a pas l'habitude de tenir de tels discours. Depuis la fête du village il a bien changé.

- Simon, on se dit tout ?

- Tout quoi ?

- Tout !

- Je veux aller voir mon grand-père !

- Mais quel grand-père ? Je suis orpheline depuis mon plus jeune âge ! Tu n'en as pas !

Léa, tout à l'heure, a bien fait de lui poser la question « *de quel côté* » ? Il lui restait encore un côté :

- Mon grand-père du côté de papa !

- Ah bon ! C'est ta dernière lubie ! Tu sais bien qu'ils ne se sont pas vus depuis très longtemps. Ton père n'en parle jamais. Ne complique pas les choses !

- C'est compliqué de vouloir son grand-père ? Toi et papa vous aurez ma sœur et moi mon grand-père. C'est compliqué ça ?

Simon est tout rouge d'énervement ! Il se referme sur sa peine. Elle ne le comprend pas, pas plus que les autres ! Il fait cependant bonne figure et s'empresse de changer de conversation. Sa décision est prise. Il va fuguer. Tant pis ! De toute façon, depuis l'annonce de l'arrivée prochaine de sa petite sœur, rien n'est plus pareil. Son père rentre moins souvent à la maison, sa mère devient irascible. Il en a marre ! Plus que marre ! Mais pourquoi Pépé Charles ne répond-il pas à sa lettre ? Et si lui aussi ne l'aimait plus ? Cette pensée soudaine, lui est insupportable ! Les larmes montent vite mais il les ravale.

Le souvenir de cette journée de fête au village est bien trop présent à son esprit. Les confidences de Pépé Charles, ses soupirs, ses yeux qui brillent quand il comprend soudainement leur filiation et l'annonce de la naissance de sa sœur. Ça c'était moins drôle. Qu'est-ce qu'ils ont tous avec sa sœur ? Il sait d'instinct qu'il n'allait plus être le fils chéri mais le grand frère. D'avance, la responsabilité qui allait lui incomber allume en lui des feux de détresse. Il veut fuir cette ambiance pesante. Il veut retrouver Pépé Charles en qui il devine les moments complices qu'ils pourront partager. Il veut qu'il lui raconte sa grand-mère, sa tante, la nature. Il veut retrouver sa place, à côté de lui sur ce banc, avec la complicité de Gustave. Même s'il n'est pas dupe et qu'il sait pertinemment qu'un arbre ne parle pas. Même si l'arbre doit juste être le prétexte des retrouvailles. Gustave, l'ami à tous deux ! Il sait qu'il va falloir être convaincant pour que son grand-père veuille bien l'aider à parlementer avec ses parents afin qu'il aille régulièrement chez lui. S'il n'a pas répondu à sa lettre c'est qu'il ne l'a pas reçue. Sûrement même ! Alors il se doit d'aller le retrouver.

La fugue reste son seul moyen. Ce mot l'effraie. Il imagine l'affolement de ses parents, les gendarmes à sa recherche, le scandale. Mais s'il faisait juste un aller-retour dans la journée, ce ne serait plus une fugue. Du reste qui s'en apercevrait ? Pour cela il échafaude un plan qu'il croit imparable. Il laissera un mot sur la table pour expliquer que Léa l'a appelé pour l'inviter à visiter le château de Tourrettes avec ses parents. Dans sa naïveté, il ignore que le château ne se visite plus depuis longtemps et que son excuse va déclencher un branle-bas de combat.

Après une nuit agitée de cauchemars, Simon s'habille rapidement. Auparavant il a jeté un œil dehors. Une petite pluie fine lui arrache un sourire. La pluie, une aubaine ! Comme il a l'intention de faire du stop, camouflé dans sa parka, son jeune âge passera inaperçu. Simon a grandi comme une belle plante qu'on a pris soin d'arroser tous les jours, sans oublier la forte dose d'engrais. Dans sa classe, il dépasse d'une tête tous ses camarades. Cela lui confère le respect et parfois quelques quolibets de petits teigneux.

Il avancera discrètement. Il longera la rue principale, puis le chemin de l'école. Deux à trois cents mètres plus loin, il est à peu près sûr de ne plus être reconnu. Il arrêtera une camionnette de boulanger ou d'un artisan. Il se dit qu'ils sont moins regardants, trop préoccupés par leur activité et si besoin est, il racontera n'importe quelle histoire. Suivant les questions qu'on lui posera, il improvisera les réponses. Tout en remplissant son sac à dos de quelques vivres, paquets de biscuits et autres, et de son porte-monnaie à peine garni de quelques piécettes, il s'imagine la route de la fugue. Sans état d'âme. Il repense au discours de Léa, aux excuses de sa mère concernant les absences de son père. Tous mentent. Tous des menteurs. Et même si tout est vrai, il s'en fiche.

Une chance, sa mère part assez tôt tous les matins sans le réveiller. Il renverse dans l'évier son bol de chocolat, le lave et l'essuie comme il en a l'habitude, il enveloppe de papier aluminium sa tartine beurrée et la fourre dans son sac. Il a un nœud à l'estomac et ne peut rien avaler, mais il ne doit pas laisser soupçonner une attitude différente des autres matins qui attirerait les soupçons de sa mère.

Il peut donc s'aventurer sans problème. S'emparant de son sac à dos tel un sioux son tomahawk, il referme la porte à double tour sans la claquer. Il ne doit pas attirer l'attention des voisins. Encore qu'ici ils ne connaissent pas les voisins. Il sait qu'on les appelle « les nouveaux » mais à part ça, aucune démonstration de sympathie. Il faut dire que sa mère ne fait pas d'effort. Son accent guttural et sa haute stature sévère la classifient tout de suite comme étrangère. Son père, toujours absent, va rarement au village lorsqu'il rentre. Simon presse le pas en remontant la rue. Il ne rencontre personne. Le village sommeille encore, la pluie n'encourage pas à une sortie quelconque. Même les plus braves s'abstiennent.

Il passe devant la maison de Léa. Tout est bien silencieux. Les volets sont encore fermés. Aucune lumière ne filtre à travers les jalousies. Il le regrette. Il aurait aimé la mettre dans la confidence. Il se reprend vite. Les filles sont trop bavardes. Léa est une vraie pipelette. Elle aura tôt fait d'alerter la population en faisant sa mijaurée *: « j'ai un secret, je ne vous dirai rien »* et elle finirait par tout déballer. Il continue en solitaire, dépasse son école. Les stores sont tirés, la cour de récréation vide. C'est la période de vacances scolaires. Il lui semble voir des fantômes flotter autour des arbres. Il frissonne. C'est la pluie se dit-il pour se donner du courage. J'aurais dû boire mon lait chaud, j'aurais moins froid. Oui mais j'aurais eu envie de pisser après. Il a retenu les recommandations de sa mère de ne pas boire avant d'aller se coucher, sinon il se lèverait la nuit. Il ne sait plus très bien où il en est. Il commence peu à peu à paniquer. Aucune camionnette en vue. Il continue à avancer. Il est déjà hors du village. Une route sinueuse et bordée d'arbres lui fait une haie d'honneur. Quelques maisons bien rangées et accrochées au flanc de la colline. Une fumée s'échappe des cheminées laissant passer des senteurs d'oignons qui rissolent et qui finiront en ratatouille. Il a horreur de la ratatouille, surtout celle de sa mère, qui ressemble à tout sauf à une ratatouille. Au fond de lui, il sait bien qu'il est injuste. Il n'aime que les pâtes et les frites. Et qu'on l'oblige à manger autre chose le rend rebelle. Pour ne pas dire de mauvaise foi ! Un peu plus loin, une odeur de pain grillé s'échappe d'une maison où des cris d'enfants se chamaillant lui arrachent un soupir.

Le ciel gris est bas, menaçant. La pluie continue à tomber et à toquer sur son ciré. Il se gourmande. Il aurait dû mettre ses bottes au lieu des tennis qui ont vite fait de prendre l'eau. Les tennis c'est tellement plus pratique. On les enfile sans prendre le soin de nouer les lacets qu'on glisse sur le côté et même s'ils ressortent peu importe ! Tous les copains font ça.

Les tennis bâillent à chaque pas et là, en l'occurrence, boivent toute l'eau que le ciel leur envoie. Dans la foulée, ses chaussettes trempées lui donnent des frissons. Ses pas deviennent lourds. Il commence à courir, pensant ainsi éviter la pluie mais forcément elle ne le lâche pas ! Il se prend les pieds dans quelques racines récalcitrantes. Il a envie de faire demi-tour, « *un autre jour peut-être où il ne pleut pas* ». Il se retourne. Les arbres dégoulinants d'eau deviennent menaçants. Ils ont l'air de s'être resserrés pour lui barrer la route. Durant quelques secondes, il se transforme en statue, puis se ravise. Il doit y aller. Il s'encourage en sifflotant. Ses lèvres gercées lui font mal. Les mains dans les poches du ciré, la tête basse, le dos courbé sous le poids du sac que la pluie n'a pas épargné, il hâte le pas.

XVII - Bernadette

Soudain, dans son dos, un bruit de moteur l'alerte. L'espoir renait en Simon. Enfin une camionnette ! Tout en s'écartant, il se retourne et aperçoit une voiture grise conduite par une jeune femme. Elle s'arrête à sa hauteur et lui propose de le conduire sur sa route.

- Je peux te déposer quelque part sur mon trajet si tu veux.

- Merci Madame. Je vais un peu loin.

- Où ça un peu loin ?

- Au château de Tourrettes.

- Ah tu fais partie des nouveaux locataires du Château ?

- Des nouveaux locataires ? Non ! Je voulais visiter le château, ment-il effrontément.

La conductrice éclate de rire.

- Le Château est tombé en ruines. Il n'a du reste jamais été vraiment terminé. Des investisseurs l'ont racheté pour le transformer en plusieurs habitations. Allez, monte ! Tu pourras toujours l'admirer de l'extérieur. C'est vrai qu'il est particulier. Tu connais son histoire ? Napoléon a délégué Jacques Alexandre Fabre...

Sans se faire prier et sans se donner la peine d'écouter les explications de la conductrice, - Napoléon il s'en soucie comme d'une guigne - Simon prend place sur le siège avant, sans omettre de balbutier un merci presque inaudible. Il garde sa capuche pour ne pas dévoiler son jeune âge et prend un air assuré. Cette jolie blonde, aux yeux bleus comme deux agates, ses billes préférées, le rassure. Une voix lui souffle dans les oreilles qu'il devrait se tenir sur ses gardes. Il se souvient avoir vu à la télévision des rapts d'enfants par des dames qui paraissaient gentilles. Il se méfie donc. Il garde une main sur la porte, prêt à sauter. L'autre ne comprend pas la réticence de Simon. Se méprenant, armée de son plus beau sourire, elle lui parle gentiment comme à un malade qu'on s'apprête à réconforter sur la non gravité de sa maladie.

- Je ne conduis pas vite, tu peux lâcher la porte ! Je m'appelle Bernadette. Et toi ?

- Simon.

Simon regrette déjà sa réponse franche et hâtive. Il aurait dû s'inventer une identité au cas où. Trop tard ! Mais à présent il est encore plus sur ses gardes. Il l'observe à la dérobée. À son corps défendant, il ne peut s'empêcher de la trouver très sympathique. Il a envie de tout lui raconter mais quelque chose le bloque.

La conduite saccadée de Bernadette, ses coups de frein intempestifs à chaque virage, affole Simon. Son père dispute toujours sa mère lorsqu'elle est au volant. « Fais ceci, ne fais pas cela, sans pour autant se gêner de faire pire. Bizarrement, aujourd'hui, il adopte le même comportement. Il en est bien conscient. Il a peur tout simplement. Il en convient ! La peur lui fait perdre ses moyens. La peur fait chavirer son estomac vide lui envoyant des aigreurs dans la bouche. Il doit bien trouver un prétexte pour l'obliger à rouler moins vite, sans quoi il vomirait dans sa voiture. Pour masquer ou démonter sa peur, il entame la discussion :

- Vous allez au boulot ?

- Oui mais je suis en avance comme toujours, je n'aime pas courir.

- Pourtant vous roulez vite, répond Simon en rougissant, trouvant enfin le moment pour le lui signifier.

- Mais non ! Si tu voyais mon mari alors !

- Vous avez un mari ?

- Oui et il s'appelle Thomas. C'est une véritable tête de lard au volant, à part ça il est gentil comme un bon gros nounours.

- Vous avez des enfants ?

Simon essaye de rebondir à chaque réponse pour ne pas laisser le silence s'installer entre eux. Mieux, meubler le silence pour l'obliger à répondre en tournant à chaque fois la tête vers lui et donc à ralentir.

- Non et je n'en aurai pas car je ne peux pas. Je m'occupe des enfants des autres. Je garde les deux petits bambins adorables d'un couple qui travaille beaucoup. Mais je ne juge pas ! Et tant mieux pour moi !

- Attention, crie Simon !

Elle donne un coup de frein brusque pour éviter un chien qui déboule sans crier gare. La voiture glisse un peu sur la route mouillée mais elle arrive à éviter la bête grâce au volant qu'elle braque à droite. Simon est cramponné à la poignée de la porte, sa jambe en avant comme s'il voulait freiner lui aussi. Sa tête a cogné et lui fait mal. Bernadette est confuse. Elle ne peut pas s'arrêter sur cette route étroite. Elle lui jette des regards humides d'inquiétude.

- C'est un chien fou ! Il est abandonné ! Un jour il provoquera un accident et peut-être qu'alors on s'en occupera. Pauvre bête !

- Ce n'est rien la rassure Simon, portant sa main à son front. Je n'ai même pas eu mal lui ment-il. Ne vous arrêtez pas !

Il n'a pas du tout envie qu'elle s'arrête. Ils se regardent comme si chacun cherchait à fouiller dans les pensées de l'autre. Simon sait qu'elle a eu peur et sait aussi qu'elle sait qu'il a eu peur. Forcément ! Il esquisse un sourire pour la tranquilliser. Elle le lui rend, soulagée. Elle est encore plus belle quand elle sourit après avoir eu peur, constate Simon. Il craque. Il se décide enfin à lui accorder sa confiance :

- C'est pas le moment de m'amocher, je fais une visite surprise à mon grand-père.

- Ah ! Ton grand-père habite le château. En fait ta visite du château c'est la visite d'un monument cher à ton cœur ?

Simon fronce les sourcils. Elle se dépêche d'ajouter :

- Un grand-père c'est un monument qui mérite qu'on s'y abrite. C'est solide comme du roc. Ça bâtit les rêves des petits-enfants. Ces rêves, eux, ne tombent jamais en ruines. On les garde toujours au fond de soi. Comme je te comprends !

- Mon pépé habite à Tourrettes, à côté du château. Je ne connais pas son adresse exacte mais une fois là-bas tout le monde connaît Pépé Charles. Je trouverai.

La jeune femme est tout émue des confidences de Simon. Elle décide sans plus réfléchir de l'aider :

- Écoute, comme je suis un peu en avance, je peux te laisser juste à l'entrée du village. En plus, regarde la pluie a cessé de tomber et très bientôt il va faire beau. Ça te convient ? Et même, ce soir je repars dans l'autre sens vers dix-sept heures. Je peux te récupérer au même endroit, à l'entrée du village. Tu pourras ainsi tout me raconter. À moins que tu n'aies prévu de dormir chez ton grand-père comme c'est les congés scolaires ?

- Vous faites toujours comme ça ?

- Comment comme ça ?

- Vous n'arrêtez pas de questionner, de répondre aux questions puis de faire des propositions en posant d'autres questions. Vous m'avez embrouillé ! Oh pardon ! En fait, je ne sais même pas si je vais trouver mon grand-père, et s'il veut bien de moi. Je ne sais même pas comment je vais rentrer chez moi. En plus, ma mère risque de s'inquiéter, je lui ai dit que j'allais avec les parents de mon amie Léa visiter le château. Alors si je peux profiter de votre taxi, bien sûr j'accepte.

- Là tu as fait encore plus fort que moi. On recommence tout depuis le début en récapitulant : tu vas rejoindre ton grand-père et tu ne sais pas où il habite exactement. Mais tu le trouveras parce que tout le monde le connaît, et la suite tu ne la connais pas, parce que tu ne sais pas s'il veut de toi. Cerise sur le gâteau, tu as menti à ta mère. Pourquoi ?

- C'est juste. Et votre taxi alors ?

- Simon tu ne m'as pas répondu. Pourquoi as-tu menti ? Tu te rends compte du risque que tu as pris, les mauvaises rencontres et tout ? Et ta mère, tu imagines son inquiétude ?

- Non je serai rentré à temps, puisque vous allez me raccompagner. Ça tient toujours pour le taxi ?

- Bien sûr puisque c'est moi qui te l'ai proposé. Au fait tu as quel âge au juste ?

- Quinze ans, mais je ne fais pas mon âge.

Simon fuit son regard qui semble plus que sceptique. Il sait qu'elle sait qu'il n'a pas quinze ans !

Un silence plane dans l'habitacle du véhicule. Tous deux s'isolent dans leurs pensées. Simon imagine sa rencontre avec Pépé Charles. Son cœur se serre... Quant à Bernadette, elle ne peut s'empêcher d'exprimer tout haut ce qui l'obsède :

- J'aurais bien aimé avoir un gaillard comme toi. Ta maman a bien de la chance !

Elle tente de réprimer un profond soupir. Sa voix est fêlée, voilée de tristesse. Simon en profite pour partager son chagrin :

- Bientôt elle va avoir une fille ! lui confie-t-il sans même se rendre compte qu'il aggrave la peine de Bernadette.

- Tu vas avoir une petite sœur ? Tu n'as pas l'air enchanté. Mais tu verras comme tu vas l'aimer quand elle va commencer à parler, à marcher. C'est si mignon une petite fille. On lui met des jolies robes de princesse, des rubans dans les cheveux. Et tu seras le grand frère, le grand Zorro, le super confident ! C'est génial !

Simon cherche à créer une diversion. Elle ne va pas s'y mettre elle aussi. Marre !

- J'ai hâte de retrouver mon grand-père.

- Voilà je te laisse et je te reprends à dix-sept heures ici même. Essaye de ne pas me faire attendre. Mon gros nounours de mari n'aime pas que je m'attarde. À tout à l'heure !

- À ce soir et merci bien, Madame.

- Appelle-moi Bernadette, parce que tes « Madame » me donnent l'impression d'être très vieille. Alors, on ne pourra pas être amis.

Simon lui sourit. Deux fossettes creusent ses joues. Ses yeux brillent de malice. Il sait qu'elle attend des compliments comme toutes les bonnes femmes « mais non vous n'êtes pas vieille, mais oui vous êtes jolie, mais oui on sera amis ». Il l'imagine minaudant en rougissant à peine à chaque réflexion. Il repense à Léa. Elle est comme Léa ! Et comme sa maman aussi !

- À ce soir Madame ... Bernadette.

Il a fait exprès de se tromper. Il voulait voir sa réaction. Elle a éclaté de rire. Quel caractère bien trempé ce Simon ! Il l'a séduite.

Bernadette se range sur un emplacement de stationnement et descend de voiture. Elle lui tend la main et lui souhaite bonne chance. Elle le regarde un moment s'éloigner. Il se retourne et à son tour la surprend. Elle lui fait un petit geste de la main. Il revient sur ses pas et hâtivement lui fait une bise sur une joue et repart sans attendre de réaction. Bernadette se précipite dans sa voiture et démarre en jetant un regard dans le rétroviseur. Simon est déjà loin. Elle se traite de folle. Ce gosse n'a pas quinze ans, sûrement bien moins et elle aurait dû le remettre aux gendarmes. Mais non, elle a bien fait. Il avait trop envie de revoir son grand-père et elle peut le comprendre. Elle le ramènera ce soir chez lui et elle oubliera tout ça. Il vaut mieux ! *« Bon il faut que j'y aille sinon je ne serai plus en avance mais en retard, les parents ne seront pas contents et j'aurai du mal à contenir les gosses qui seront énervés à cause d'eux »,* se dit-elle en appuyant sur la pédale et en affolant le compteur de la voiture !

XVIII – Le chien

Simon longe un pâté de maisons silencieuses. Soit leurs habitants sont déjà partis travailler, soit la maisonnée est encore enfouie sous les couettes par ce vilain temps, murmure Simon ne sachant à qui s'adresser. L'inquiétude lui noue l'estomac. Il a faim soudain. Il sort sa tartine beurrée et la déchiquette à belles dents. Il avance et aperçoit une maison délabrée. Un chien, accroché au portail, attire son attention. Il a l'œil suppliant et la langue pendante. Simon lui lance un morceau de pain. Le chien jappe de bonheur, n'en faisant qu'une bouchée. Simon a le sentiment que ce chien est affamé. Il partage le reste de sa tartine tout en lui parlant gentiment et en le caressant.

- Qu'est-ce que tu fais là hein, tu veux me voler mon chien ? Fous le camp !

Simon sursaute en apercevant l'homme qui tient sur ses jambes avec difficulté. Il fait un grand pas en arrière et essaye de se justifier :

- Rien Monsieur. Votre chien m'a regardé et j'ai partagé avec lui un morceau de pain. Il a faim !

- Qu'est-ce que t'en sais qu'il a faim ? Qu'est-ce que tu fais par là à traîner par chez nous ? T'habites pas à Tourrettes. J't'ai jamais vu.

- Je rends visite à mon grand-père. Il m'attend.

- C'est qui ton grand-père ?

Simon hésite. Cet homme menaçant pourrait être dangereux. Il se retourne pour voir si Bernadette traine encore par là. Personne à la ronde. Il fait mine de s'éloigner en reculant sans perdre de vue l'immonde personnage mais celui-ci, sortant de chez lui et le poursuivant, le harangue :

- Ton grand-père c'est pas Roger des fois ? Je peux t'accompagner.

- Non c'est Pépé Charles.

L'homme éclate de rire et manque de se casser la figure. Il grogne que Pépé Charles c'est un peu loin et que, s'il veut, il peut l'accompagner en voiture.

Simon est partagé entre l'envie d'arriver au plus vite chez son grand-père et la peur de se laisser conduire par cet ivrogne. Avec Bernadette déjà c'était limite ! Il hésite. Le chien les a rejoints. Il se faufile entre ses jambes. Il lui lèche les mains qui doivent encore sentir le beurre, lui tourne autour comme pour le supplier de rester. Ses yeux implorent une caresse. Simon repense à l'autre clébard qui avait failli provoquer un accident. Décidément c'est sa journée chiens !

Il aimerait avoir un husky mais sa mère a toujours refusé. « *Comme tous les enfants, tu veux un chien. Les premiers jours tu t'en occuperas, après c'est moi qui serai obligée de prendre le relais, de le faire sortir, d'aller acheter les boites de pâté. Je n'ai pas le temps ! Tu n'as qu'à demander à ton père, il ne voudra jamais » !*

Son père n'a même pas voulu s'en mêler. Il n'aime pas les chiens. Lorsqu'il dit ça ses yeux sont noirs de colère. Le ton est ferme et définitif. Simon sait bien pourquoi et n'a pas insisté. Sa tante Simone, la sœur de son père, a été renversée par un molosse, un jour qu'elle rentrait de l'école à vélo. Elle n'a pas survécu.

L'homme le tire par la manche, bien décidé à ne pas le laisser s'en aller. Il tient sa revanche.

- Allez viens, on va téléphoner à ton grand-père pour qu'il vienne te chercher. Moi c'est Gérard et toi ?

Cela fait deux fois en moins d'une heure qu'on lui demande son prénom. Pour sûr que Gérard enchaînera sur « *quel âge tu as* » ? Mais il ne dira rien !

Son sourire féroce, son état d'ébriété affolent encore plus Simon. Mais la proposition du téléphone lui redonne espoir. C'est préférable à la voiture. Il décide de suivre Gérard. Le chien bondit de plaisir sur Simon. L'ivrogne le fait entrer dans sa maison en le bousculant un peu. Simon a les genoux qui flageolent de peur. Une odeur nauséabonde le prend à la gorge. Un rapide coup d'œil lui signifie que le ménage n'est plus d'actualité depuis belle lurette. Cela doit même être un gros mot, une insulte ! Des bouteilles de vin et de bière vides jonchent le sol comme pour témoigner de la grande soif de Gérard. Simon se tient debout, hésitant, à la porte, dans l'entrée.

- Entre, ne reste pas planté dans le couloir comme un poireau.

L'ivrogne fouille dans la poche d'un vieux pardessus, noir et poussiéreux. Une relique de son père vraisemblablement, suspendue sur un porte-manteau à trois patères. Une des patères semble implorer le ciel, déséquilibrée qu'elle est d'avoir perdu sa fixation. Sûrement que le soulard s'y accrochait les jours de beuverie intense. Du manteau, il ressort un calepin tout graisseux. Il est dans un piteux état, à moitié déchiré. Un feuillet s'en échappe et vient atterrir au pied du chien qui, méfiant, le renifle. Gérard s'énerve et jure. Il trouve enfin :

- Voilà ! Charles ! On va bien s'amuser, pour sûr mon grand.

Sa bouche édentée délivre un rire gras. Il ricane mais n'en mène pas large quand même. Il sait que pépé Charles est un dur à cuir. Mais il doit se venger. Un fils doit venger son père. Sa mémoire imbibée de vapeurs d'alcool transpire des miasmes de son enfance. Ils lui avaient collé l'étiquette d'orphelin sur son dossier. Il ne l'oubliera jamais. Il aurait bien voulu oublier mais c'était impossible. Il était si jeune quand le malheur est arrivé par la faute de Charles. D'autres ont dit que ce n'était pas Charles mais son fils qui avait porté le coup fatal et abandonné son père mort dans une mare de sang. Le père ou le fils peu importe ! Le petit-fils paiera.

Son enfance défile dans sa pauvre tête chahutée. Il avait deux ans à la mort de son père qu'il n'a jamais vu. Sa mère en avait la charge et l'abandonna sans vergogne. Plus de pension alimentaire, plus d'argent pour le gosse. L'orphelinat, les injures, les réprimandes, les quolibets, toujours les coups. Des gens mal intentionnés lui racontaient avec insistance et méchanceté son père ivrogne et sa mère de mauvaise réputation. Ses nuits à mouiller son oreiller et son pyjama, à s'endormir des cauchemars plein la tête. À la sortie de l'orphelinat, il ne lui restait plus que son maigre héritage, cette vieille maison délabrée ayant appartenu à son père. Il apprit qu'il était mort assassiné suivant les uns. Il aurait bu plus que de coutume et se serait cogné le front sur un arbre, suivant les autres. Dans le village, son existence était ignorée de tous. Ce n'était pas lui qui irait tout dévoiler. Il avait bien tourné autour de Charles mais à chaque fois il s'était fait remonter les bretelles et jeter comme un malpropre. Et à chaque fois sa haine montait d'un cran. Il a essayé d'arrêter la boisson pour être plus solide sur ses jambes. Impossible ! Le vice l'avait pris pour ami depuis sa sortie de l'orphelinat et lui tenait compagnie de façon plus pressante chaque jour.

XIX – L'heureux dénouement

L'heure était venue de passer de la promesse d'une vengeance à l'action. Il compose le numéro de pépé Charles sous les yeux de Simon qui reprend espoir. Finalement il s'en sort à bon compte ! Tout d'abord il a rencontré Bernadette qui l'a conduit au village, ensuite ce soulot qui appelle son grand-père et ce chien qui continue à le regarder avec des yeux de crapaud mort d'amour. Cette expression le fait sourire. C'est Léa qui le dit en parlant des garçons qui lui tournent autour. Léa qui n'en croira pas ses oreilles quand il va tout lui raconter. Il l'imagine un brin jalouse, un brin coquine, faisant son intéressante. La voix stridente de l'homme l'interpelle :

- Allo ! Charles. Je sais ce que tu es venu faire à la poste. Éloïse, la petite blonde me l'a avoué. Elle n'arrivait pas à trouver ton fils et m'a demandé mon aide, vu que je trainais par-là, sans savoir que je te hais.

Aucune réponse de Charles ne lui parvient. Il devait éructer sa rage d'avoir été trahi.

- Attends tu ne sais pas tout ! Devine qui est là ?

Simon se précipite, bousculant Gérard qui s'affale au sol sous l'effet de la surprise sans pour autant lâcher le combiné. Le téléphone, un modèle des plus vétustes étire son fil en accordéon. Simon s'allonge sur Gérard qui se cramponne au téléphone, essaye de l'éloigner en tirant encore plus le fil tire-bouchonné. Le chien tourne autour d'eux en aboyant. Gérard lui crie « mords-le, mords-le ». Le chien n'obéit pas. Il a la reconnaissance du ventre. Il aboie car il a peur. Même les chiens ont peur ! Simon hésite un court instant, le temps de s'assurer que l'animal ne lui fera pas de mal en obéissant à son maître. Plus souple, il arrive à lui arracher le combiné des mains et hurle :

- Grand-père, c'est moi Simon, viens me chercher !

- Mais où es-tu ?

- Chez Gérard ! Viens vite !

- Nom de Dieu ! Repasse-moi Gérard !

- Je te préviens, crie Gérard. Tu ne le reverras pas vivant si tu n'avoues pas ton forfait.

Pépé Charles parle si fort dans l'appareil que Simon entend tout :

- Que j'avoue quel forfait espèce d'abruti ?

- Tu as tué mon père, toi ou ton fils, je m'en fous et vous allez enfin payer.

- Mais c'est pas eux. Je le sais ! J'ai lu le cahier de mon père où il raconte tout, hurle Simon à son tour !

- Toi morveux, tu la fermes ! Charles va te constituer prisonnier immédiatement sinon tu ne le reverras pas vivant ce morveux. Moi j'en ai plus rien à faire ! Il ne peut plus rien m'arriver de pire !

- Calme-toi Gérard. Il t'a rien fait le môme. Tu es le fils de qui et j'ai tué qui ?

- Le fils de l'Irresponsable, ça ne te rappelle rien ? Tu l'as tenu pour responsable de l'accident de ta fille et tu t'es vengé. Toi ou ton fils peu importe !

- Gérard tu fais une grosse erreur. Il y a eu assez de malheurs comme ça. On peut s'expliquer d'homme à homme. Je viens, on parle et après tu décides.

- Non pas question. Tu vas d'abord à la police dire la vérité, comment vous l'avez tué. Comme c'était un ivrogne, personne ne l'a défendu. Moi aujourd'hui je veux réparer cette injustice. Je vais boire à ta santé en t'attendant !

Hilare et grimaçant, il raccroche le téléphone. En traître il donne une claque au gamin.

- Tu parles quand je t'y autorise. Que cela te serve de leçon !

Il s'empare d'un couteau de cuisine et le pointant sur l'enfant, le menace :

- Si tu bouges, je te transperce le ventre et crois-moi je ne te louperai pas.

Le chien se dresse entre eux. Il les regarde à tour de rôle. Il grogne un peu puis s'éloigne mine de rien. Il semble toutefois garder un œil méfiant sur les deux protagonistes.

Simon se tient la joue d'une main, et reprend ses esprits. Il évalue d'un regard la pièce se demandant s'il peut se ruer sur la porte sans être rattrapé par Gérard. L'autre, à qui l'interrogation muette du gamin n'a pas échappé, se précipite pour la fermer à clé.

- Tu crois pouvoir me rouler ? Tu ne bougeras pas d'ici tant que la police ne viendra pas nous dire que ton grand-père s'est constitué prisonnier. Ma lame se réjouit déjà à l'idée de t'embrocher.

- Mais puisque je vous dis que mon père n'a pas tué le vôtre. J'ai trouvé un cahier où il raconte que votre père était saoul et qu'il s'est cogné sur « Gustave ».

Simon n'a pas fini sa phrase que déjà il reçoit une seconde gifle.

- Voilà ! ça t'apprendra à traiter mon père de saoul.

- C'est vous qui l'avez dit tout à l'heure à mon grand-père.

- Moi je peux, mais pas toi, espèce de morveux.

- Il y a des témoins qui ont vu votre père sortir du bistrot. Il zigzaguait un peu et s'est cogné la tête sur « Gustave ».

- T'arrête avec tes mensonges. D'abord c'est quoi cette histoire de Gustave ?

- Le chêne sur la place ! Il a des racines qui sortent de terre et votre père s'est pris les pieds dedans. C'est vrai, je vous le jure !

- Et tu crois que je vais gober tes mensonges ? Un arbre qui s'appelle Gustave et pourquoi pas Tarzan tant que tu y es ?

- Vous faites semblant de ne pas me croire. Mais venez, je vais vous montrer Gustave.

Le chien gronde à nouveau. Il a entendu des voix provenant de l'extérieur. Sûrement des promeneurs. Il aboie derrière la porte.

- Tais-toi le chien qu'on entende ce qui se passe dehors !

Gérard s'approche de la porte et regarde à travers le vasistas bien sale. Il se tord le cou n'apercevant rien ni personne. Il crache sur la vitre et l'essuie avec sa manche pour y voir plus clair. Sauf que la crasse s'est installée des deux côtés. Simon en profite pour se précipiter à la fenêtre, l'ouvre et l'enjambe en quelques secondes. Gérard se met à hurler, le chien continue à aboyer et se précipite à la suite de Simon. Tous deux courent à en perdre haleine, distançant de plus en plus l'ivrogne. Des pneus grincent sur la route. Une voiture s'immobilise à quelques mètres. C'est Bernadette qui crie :

- Tu es fou ? Tu aurais pu te faire écraser. Pourquoi tu cours comme si tu avais le diable à tes trousses ? Et ce chien qu'est-ce qu'il fait là ?

- Et vous, pourquoi vous êtes revenue ?

- J'ai eu des remords de t'avoir laissé tout seul. J'ai téléphoné pour prévenir de mon retard et je m'aperçois que mon instinct ne m'a pas trahie.

Simon ouvre la porte arrière du véhicule et s'apprête à aider le chien à s'y engouffrer :

- Vite, monte le chien.

- Pas de chien dans ma voiture. Toi tu montes mais pas le chien !

- Bernadette, on ne peut pas le laisser, son maître est féroce et il veut me kidnapper.

- Mais qu'est-ce que tu racontes ?

- Vite le voilà, vite ! Il faut se sauver.

Bernadette se retourne et aperçoit Gérard menaçant, un large couteau à trancher à la main. Elle pousse Simon dans la voiture. L'animal s' y engouffre à son tour. Trop tard pour l'en empêcher.

Elle claque la portière puis automatiquement verrouille le véhicule en appuyant sur sa télécommande et fait face courageusement à Gérard, un sourire de défi sur les lèvres. Le chien aboie, ses pattes avant griffent la vitre. Simon regarde dans le rétro et voit l'ivrogne menacer Pépé Charles avec son couteau. Il tape sur l'autre vitre. Il veut sortir. Il sent qu'un drame se joue et il craint d'en porter la responsabilité.

- Lâche ce couteau Gérard ! Tu ne vas pas t'attaquer à une femme ! T'as pas honte ?

L'ordre est proféré d'une voix dure et ferme. Celle de Pépé Charles.

Gérard s'agite et balbutie sans conviction :

- Je vais te faire la peau, assassin !

- Tu sais bien que je ne suis pas un assassin.

Pépé Charles fait mine de regarder derrière Gérard en se penchant légèrement. L'autre tombe dans le piège - astuce vieille comme le monde – et tourne la tête. D'un bond, Pépé Charles lui empoigne le bras et s'empare du couteau. Gérard n'oppose qu'une faible résistance, la surprise lui ayant été fatale.

- Bon qu'est-ce t'as fait de Simon ?

Pour toute réponse, des coups sourds tapés sur le pare-brise attirent leur attention. Une voiture de police arrive toute sirène hurlante et vient barrer la route à celle de Bernadette. Deux policiers en descendent précipitamment. La main sur la ceinture, ils approchent :

- Allez ! On embarque tout ce beau monde.

- Qui vous a prévenus ? interroge Pépé Charles.

- C'est votre femme. Il paraît que vous avez juré de tuer un certain Gérard et que vous voulez régler vos problèmes tout seul.

- Je n'ai pas de femme. C'est encore un coup de la Berthe. Elle ferait mieux de s'occuper de ses oignons.

Il fait le fanfaron mais ses nerfs l'ont lâché à l'annonce de la séquestration de Simon. Il regrette tout de suite sa méchante réaction. Berthe tremble pour lui comme une mère pour son enfant ou peut-être tout simplement comme une vieille épouse pour son vieux mari. Son cœur s'emballe à cette dernière image ! En son for intérieur pépé Charles est content de lui. Après les menaces téléphoniques de Gérard, craignant pour la vie de Simon il est allé voir Berthe. Il lui a raconté brièvement la situation et bravache lui a promis « je t'apporterai la tête de Gérard en trophée ». Bien évidemment, il n'était pas sans craindre Gérard prêt à tout. Allez faire raisonner un désespéré ! Saoul de surcroit.

Et ça a marché puisque les policiers sont arrivés sur les chapeaux de roues. Il se plait à penser avec ironie « *comme à la télé* » ! Il imagine aisément Berthe les houspillant pour qu'ils se hâtent de voler à son secours. « *Au lieu de me poser mille questions, dépêchez-vous ! Vous voulez avoir leur mort sur la conscience ? Allez, allez, dépêchez-vous !*

Il repense à sa lettre qu'il ne sera finalement plus nécessaire d'envoyer. Simon l'a devancé, encore plus impatient que lui. Une bouffée de fierté et d'amour le fait frissonner. Brusquement des conversations saccadées le sortent de sa rêverie. Un attroupement de badauds s'est formé. Les réflexions fusent et s'emmêlent. Plus personne n'y comprend rien :

« Il paraît que pépé Charles poursuivait Gérard avec un couteau pour le tuer. Ah bon ? Et pourquoi ? J'sais pas moi ! demande à Germain, il est arrivé avant moi. Mais non, c'est cette femme qui a kidnappé le gosse et Gérard qui voulait le défendre. Gérard défendre quelqu'un ? Tu plaisantes ! Ben regarde Pépé Charles, il a un couteau dans les mains, il est devenu fou à parler tout seul du matin au soir sur son banc ! On croit que les gens sont inoffensifs et ils se transforment en assassins. Tu ne trouves pas que cette femme a la tête d'une voleuse d'enfants ? Et ce gosse tu le connais toi ? Charles un tueur, je n'y crois pas. Il y a anguille sous roche.

Les villageois semblent s'être passé le mot. Ils accourent de toutes parts. Les commentaires vont bon train et agacent un des deux policiers :

- Vous n'avez rien d'autre à faire ? Rentrez chez vous ! Nous on va au poste !

- Mais moi je dois aller travailler s'exclame Bernadette. Je n'y suis pour rien. Je vais libérer Simon et je m'en vais.

- Non ! Il vous faut témoigner pour enlèvement, séquestration et menaces. C'est bien vous qui avez enfermé ce gosse dans la voiture ?

- Allez personne n'a enlevé personne, hein Gérard ! On discutait gentiment sur une vieille histoire de famille. Pépé Charles a hâte d'en finir. Ces regards qui le soupçonnent, ces rires goguenards de passants en mal de distraction l'énervent lui aussi.

- Et cette belle lame fine et tranchante c'est pour lui faire la barbe ? Remarque il en aurait bien besoin, mais il n'y a pas que ça dont il aurait besoin. Un bon sevrage au dépôt ne lui ferait pas de mal. Et ce gosse qui hurle dans la voiture ? Qui l'a enfermé dedans et à qui appartient cette vieille guimbarde ? Il faut éclaircir tout ça. On aura tout notre temps au poste.

Pépé Charles s'approche du policier qui recule se sentant menacé :

- Lâche ce couteau avant qu'on ajoute « mise en danger de la force publique »

- Tiens je te le donne. Il n'est pas à moi, il appartient à Gérard.

- Oui mais ce sont tes empreintes qu'on trouvera dessus.

Pépé Charles lui tape sur l'épaule conciliant :

- Allez jeune homme tu ne vas pas faire du zèle. On te dit que tout va bien, que cet enfant dans la voiture, c'est mon petit-fils ...

- Ton petit-fils, tu plaisantes ? Tu le sors d'où ?

- Simon est le fils d'Aurélien. Appelle-le il te le confirmera.

- Mon père n'est pas là intervient Simon que Bernadette a libéré enfin du véhicule.

- Et il est où ? Et ta mère ? C'est quoi ce gosse tout seul ici ?

Le policier semble de plus en plus suspicieux. Simon ne s'en laisse pas conter :

- Heu ma mère, elle attend un bébé et vous allez lui faire peur si vous lui dites que j'ai été kidnappé, alors que c'est même pas vrai !

- Ben voyons ! Alors ce n'est pas vrai ? Tout ceci ne me parait pas très clair. Cela m'a tout l'air d'un enlèvement d'enfants et ça me connaît ! Dis, petit, cette dame qui t'a pris dans sa voiture, elle ne t'a pas fait des propositions, comment dire, des propositions pas très propres ?

Déjà dans la tête du policier les supputations vont bon train. Il veut obtenir les aveux du gamin. Sans nul doute, les gros titres des journaux et la promesse de son avancement se profilent à l'horizon.

Pépé Charles casserait bien la figure du policier mais il arrive à garder son calme :

- Laisse Simon tranquille. Regarde cette femme, elle est la gentillesse même, comment peux-tu poser des questions pareilles ?

- C'est au gamin de me répondre. Alors ? insiste-t-il.

- Bernadette m'a accompagné pour m'éviter la pluie. C'est tout !

- Mais puisque je te dis que c'est mon petit-fils. Tu es têtu à la fin !

- Et moi je te réponds que je vérifie, c'est normal !

Le deuxième policier qui jusque-là n'a rien dit, demande à Bernadette ses papiers et ceux de la voiture. Elle obtempère un peu tremblante. Elle réalise la gravité de la situation. Un enfant enfermé dans son véhicule, hurlant et tapant sur le pare-brise pour qu'on le libère. À tous les coups, elle va être traitée de ravisseuse. Elle aussi imagine la presse à scandales qui aura tôt fait de l'accuser sans chercher à comprendre. Les journalistes vont fouiller dans sa vie et lui inventer une biographie digne des meilleurs scénarios. Un scoop pour vendre du papier. Elle imagine les titres faisant la une des quotidiens *« elle ne peut pas avoir d'enfants et elle enlève un gamin ».* Simon pourra tout raconter. Il est intelligent ce gosse, il la déchargera de toute responsabilité. La voix du policier la sort de ses sombres pensées :

- Tout semble en règle. Juste une précision que faisiez-vous là avec ce gamin enfermé dans votre véhicule ?

- Je vais tout vous expliquer, crie Simon.

- Tu nous as déjà expliqué. Alors Madame ?

- Je roulais sur la route principale pour me rendre à mon travail lorsque j'ai aperçu Simon sous la pluie. Ne pensant pas à mal, bien au contraire, je lui ai demandé où il allait. Il m'a expliqué qu'il rejoignait son grand-père et je l'ai laissé à l'entrée du village.

- Vous n'avez pas vu qu'il est mineur et vous n'avez pas pensé que vous vous exposiez à un détournement de mineur ?

- Je lui ai demandé son âge et il m'a dit qu'il a quinze ans. Je l'ai cru.

- Quinze ans c'est un mineur, non ?

- Vous avez raison – Bernadette cherche à calmer le jeu - sauf que les enfants d'aujourd'hui font bien plus que leur âge et Simon est très dégourdi et surtout très sympathique. J'ai voulu rendre service. On ne s'occupe plus des autres, on vit de plus en plus replié sur soi-même et tant pis si quelqu'un est sur la route, sous la pluie. Du reste, vous pouvez lui demander, je lui ai même proposé de le reprendre ce soir en passant.

Bernadette se rend compte brusquement qu'elle aggrave son cas. Aussi, elle reprend :

- Je voulais le raccompagner chez lui et parler à sa maman pour lui expliquer...

Bernadette rougit. Elle ne veut pas trahir les quelques confidences du gamin. Sa jalousie vis-à-vis de sa sœur qui allait naître, son malaise face à des parents un peu débordés.

- Lui expliquer quoi ? Dites !

- Qu'à l'âge de Simon, il faut davantage surveiller son enfant, qu'il pourrait faire des bêtises irrémédiables. Le laisser seul partir sur les routes…

- Maman ne sait pas que je suis venu ici. Elle ne pense qu'à sa fille qui est dans son ventre. Papa ne rentre plus à la maison. Ils ne s'occupent plus de moi. Ils ne m'aiment plus.

Pépé Charles est ému par ce cri du cœur de Simon :

- Sais-tu petit que tu es en train de faire une grosse erreur en pensant que tes parents ne t'aiment pas. Bien sûr qu'ils t'aiment et mon Aurélien, je le connais, c'est un ange, un doux. Il doit travailler dur pour que toi et ta petite sœur ne manquiez de rien.

- Donc tu avoues avoir fugué pour...

Le policier n'a pas le temps de finir sa phrase. Simon n'aime pas le mot fuguer. Il riposte :

- Je voulais retrouver mon grand-père. Je lui ai écrit et il ne m'a pas répondu. Il n'a peut-être rien reçu. Alors j'ai laissé un petit mot sur la table de la cuisine pour prévenir que j'allais visiter le château avec ma copine Léa et ses parents. Je serai revenu à la maison ce soir.

Pépé Charles est tout secoué :

- Je n'avais pas ton adresse pour te répondre, malin ! Tiens regarde, elle est là ma réponse mais où te l'envoyer ?

Pépé Charles ne veut pas trahir Éloïse, il racontera sa démarche à la poste plus tard, quand tout sera rentré dans l'ordre. Pris qu'ils sont par toutes ces explications embrouillées, personne ne remarque une voiture qui se gare quelques mètres plus loin. Une femme en descend et se fraye un chemin dans la foule de badauds. Triste et gênée, elle boit les paroles de son gamin. Ouf ! Il ne lui est rien arrivé de fâcheux se dit soulagée la maman de Simon. Elle regrette de ne pas avoir été plus attentive face au comportement agressif de Simon ces jours derniers.

Cependant ce matin, son esprit n'était pas avec ses élèves à qui elle donne des cours de rattrapage pendant les congés scolaires. Guidée par un mauvais pressentiment, elle les a confiés à sa collègue pendant la récréation pour se précipiter à la maison. Le comportement bizarre de Simon la veille l'a intriguée. À la lecture du billet laissé par son fils, son sang n'a fait qu'un tour, sachant que le château ne se visite plus depuis longtemps. Affolée, elle s'est précipitée chez Léa. Celle-ci a raconté sa conversation avec Simon et sa décision d'aller retrouver son grand-père à Tourrettes.

Elle s'avance, les bras tendus pour y accueillir Simon, lorsque Berthe apparaît tout essoufflée, tonitruante, cachant mal son émotion :

- Bon mon Charles, t'es encore vivant ? C'est lui Simon ? Enchantée petit.

Attendrie, elle lui ébouriffe les cheveux.

- Ah ! J'oubliais ton fils, je l'ai eu au téléphone. Ça sonnait chez toi pendant que tu courais faire la peau à Gérard, et vu que ta porte tu ne l'as même pas fermée à clé, j'ai décroché pensant que tu appelais au secours mais c'était Aurélien. Sa femme l'a prévenu de la fugue du gamin - Simon grimace, décidément, ils n'ont que ce mot à la bouche – et il m'a chargée d'annoncer son arrivée dés que possible.

- Où, ici ?

- Je ne sais pas, il m'a dit exactement « s'il vous plait, prévenez Simon que j'arrive ».

Simon aperçoit soudain sa mère, figée, les bras tendus, la bouche ouverte. Le chien sur ses talons, il avance tout penaud, le sourire contrit. Puis il affronte son regard, bien décidé à profiter de la situation. Il lui prend la main et la secoue comme s'il voulait la supplier :

- Maman, c'est Pépé Charles. Le papa de papa. C'est de lui dont je t'ai parlé !

Sa maman soulagée, un brin énervée, laisse échapper son mécontentement :

- Est-ce que tu te rends compte du danger que tu as couru, à t'en aller ainsi tout seul ?

- Oui je sais, Bernadette me l'a déjà dit.

- Bernadette ?

- C'est moi Madame. J'ai rencontré Simon sur le bord de la route et je l'ai accompagné jusqu'ici. Puis ça s'est gâté, il vous le racontera mieux que moi.

Mais ne vous inquiétez pas, tout est rentré dans l'ordre.

- C'est vous qui le dites ! s'écrie Berthe. Il y a encore du pain sur la planche. Votre fils viendra-t-il ? Parce que Pépé Charles, il en peut plus. Il a besoin de vous. Et comme je le comprends... Moi aussi...

Elle marque un temps d'arrêt. Sa voix s'enroue. Elle a le cœur en charpie. Pépé Charles vole à son secours :

- Allez Berthe ! Tu as déjà beaucoup donné pour mon bien-être et j'aimerais bien te le rendre. Les choses finissent toujours par s'arranger d'elles-mêmes. Laisse faire le temps ! Tu verras.

- Nous n'avons plus le temps mon Charles, c'est maintenant ou jamais.

Berthe plante ses yeux humides d'émotion dans ceux de la maman de Simon. Celle-ci soutient son regard et fait son mea culpa :

- Vous avez raison, Madame, Aurélien mon mari souffre aussi en silence, surtout depuis l'annonce de la future naissance de notre fille. Il a choisi le prénom de Noëlla en pensant à sa propre maman. Lorsqu'il en parle il ne peut s'empêcher d'être triste.

Puis se tournant vers Pépé Charles :

- Surtout ne vous vexez pas, s'il s'est tenu à l'écart, c'est parce qu'il avait peur que vous me rejetiez. Et moi aussi je craignais de lire dans vos yeux du mépris pour l'étrangère que je suis. Si vous voulez bien de moi, je serai très heureuse de voir enfin notre famille réunie.

Pépé Charles ne peut proférer la moindre parole. Il ne peut pas parce qu'une araignée lui gratte la gorge. Il toussote et murmure un merci d'une voix chevrotante.

Simon en profite pour s'emparer de la main de son grand-père, la pose sur celle de sa mère qu'il recouvre de sa propre main et dit : « il ne manque plus que celle de papa » !

La voiture des policiers se met soudain à crachoter des paroles avec insistance : *« il y a un forcené qui retient sa femme et menace de la tuer, on a besoin de renforts...*

Les policiers se regardent. Cette fois-ci ils espèrent ne pas se déplacer pour rien. Ils saluent à peine, l'un deux met le gyrophare sur le toit de la voiture et l'autre démarre en trombe.

Charles regarde Berthe encore tout ému. Il sait qu'elle pense à sa propre famille aussi se promet-il d'aider la providence pour que cela s'arrange également de son côté.

Les uns après les autres, les badauds repartent en trainant les pieds. Gérard récupère son chien et marmonne qu'il n'aurait jamais fait de mal à Simon. Il voulait juste rendre justice à son père.

- Gérard, soyez gentil avec lui, c'est un brave chien. Maman je peux avoir un chien moi aussi ?

- Attends ! Un cadeau à la fois et je crois que ton grand-père préfère que tu le choisisses en premier, n'est-ce pas Pépé Charles ?

Tout le monde rit de soulagement !

Berthe restée assez silencieuse jusque-là, ce qui n'est guère dans son tempérament, s'écrie :

- Un cadeau à la fois, mais moi, je n'ai pas eu mon cadeau !

- Grand-père, c'est ta femme ?

- Eh non ! Je ne suis pas sa femme, mais s'il demande ma main, ma foi, je ne dirai pas non.

Charles sent bien qu'il ne peut pas continuer ainsi à ignorer son amour. Il essaie toutefois une dernière résistance :

- Te demander en mariage ? Voyons à notre âge ! Pour quoi faire ?

- Parce que j'ai attendu toutes ces années, et maintenant que tu as retrouvé ta famille, il ne te manque qu'une véritable épouse. Je ne veux plus être seulement ta voisine, c'est tout !

Charles et Berthe se défient du regard. Peu à peu l'émotion les gagne. Charles le premier lui sourit :

- Tu as gagné, je vais y songer.

Bernadette s'apprête à repartir discrètement lorsque la mère de Simon l'interpelle :

- Je ne vous ai pas encore remerciée. Merci ! Pouvez-vous me donner votre numéro de téléphone pour qu'Aurélien mon mari vous remercie à son tour. Dans un mois c'est l'anniversaire de Simon, je parie que vous allez être sur la liste de ses invités.

Simon se rapproche de Bernadette et de ses deux mains lui sert très fort le bras. Ses grands yeux expressifs expriment toute sa gratitude. Un peu honteux d'avoir menti sur son âge, d'avoir provoqué cet esclandre, il n'ose rien dire. Certains silences remplissent complètement l'espace vital.

- Je viendrai c'est promis, dit Bernadette.

Elle embrasse Simon et se sauve. Elle doit aller travailler.

- Nous aussi Simon on doit rentrer. À très bientôt Pépé Charles.

- C'est Gustave qui va être content, on va tout lui raconter. Mais peut-être qu'il a déjà tout entendu ? Hein ? Grand-père !

Avant de laisser le temps à sa mère de poser la question à propos de « qui est Gustave », Simon tout fier continue :

- Gustave, c'est notre ami à Grand-père et à moi. Mais on ne part pas tout de suite, on doit attendre papa, il a dit qu'il va arriver.

- Pas ici, à la maison.

- Dites-lui de venir ici, on fera les présentations dit Berthe, un brin malicieuse !

- Papa, voilà papa ! Maman, c'est sa voiture.

Pépé Charles se cramponne au bras de Berthe, il a les jambes qui flageolent. Enfin le grand jour est arrivé !

Deuxième partie

******

Charles et Aurélien

« Il n'y a réellement ni beau style, ni beau dessin, ni belle couleur : il n'y a qu'une seule beauté, celle de la vérité qui se révèle »
Auguste Bobin

I – C'est qui, tu connais ?

La voiture avançait lentement, glissant sur une chaussée déclinante, frein à main desserré, au ralenti comme dans un film. Au volant, se profilait la silhouette d'un homme d'allure jeune. Brun et costaud. Le visage presque collé au pare-brise.

Les quelques badauds encore agglutinés là sans autre occupation, s'étaient retournés. Une vague de murmures circula brusquement : *« c'est qui tu connais, ben non et toi ? Non et toi tu connais ? C'est qui tu connais ? C'est qui tu connais ? Non jamais vu, jamais vu par là, pas vu, inconnu au bataillon »* ! Certains s'écartèrent, traînant les pieds, brûlant de curiosité.

Quelques intrépides ne bougèrent pas. La voiture s'arrêta devant ce barrage humain. Le moteur hoqueta dans un dernier soubresaut, une ombre se refléta sur le pare-brise. Celle d'Aurélien. On le distinguait à peine. Était-ce la buée dégagée par sa respiration qui le rendait fantasmagorique ? Était-ce le faux jour ou tout simplement l'émotion qui déformait son visage ?

Un papillon blanc, intrigué, virevolta et finit par aller se poser sur un essuie-glace. Ses ailes tressautaient imperceptiblement. Ses antennes toquaient au carreau dans un furtif frottement. Il survola le pare-brise dans la recherche vaine de le traverser. Insatisfait, il s'en alla batifoler vers de jolies fleurs dépassant avec audace de la haie voisine. Un silence empaqueta la place dans une ouate opaque.

Ce silence ! Ce temps d'arrêt où tout se fige ! Pas un souffle d'air, juste les respirations rauques, haletantes. Juste ces cœurs prêts à exploser !

Une petite voix s'éleva, intimidée soudain, « c'est papa ». Simon regarda tour à tour, sa maman, pépé Charles. Il n'osait pas bouger. Il avait peur des réactions imprévisibles. Celles compliquées des grands. Ses lèvres, tel un robot en marche, articulaient « papa ». Ses yeux inquiets interrogeaient « On fait quoi » ? Simon l'intrépide perdait ses moyens. Simon avait peur. Peur que tout redevienne comme avant. Comme avant son périple matinal. Peur qu'il n'ait fait tout ça pour rien. Cette idée lui était insupportable. S'il le fallait, il recommencerait !

La délivrance vint de Berthe :

- Bon moi je n'ai pas que ça à faire et on ne va pas passer la journée à se regarder en chiens de faïence, sans rien dire. Allez Simon ! Cours chercher ton père.

- Non ! cria pépé Charles. Non ! Ne bouge pas Simon. Laisse, c'est entre lui et moi.

- Et voilà ! Encore ta fierté d'homme. Ne va pas tout gâcher mon Charles. Ne réduis pas à néant les efforts du gamin.

Simon sursauta en entendant les propos de Berthe et ses petits yeux suppliants s'égaraient sur tous les visages tendus. Berthe, d'une pression de la main sur le bras de Charles, tenta de le rassurer, comme pour lui signifier que tout ne pouvait que bien se passer. Charles ne bougea pas, comme statufié. Elle lui entoura les épaules de son bras et lui murmura à l'oreille des paroles qu'eux deux seuls entendaient. Charles tourna sa tête vers elle et montra un visage raviné d'incertitude.

Berthe, dans un élan généreux, invita Simon et sa maman à venir boire un verre à la maison. Pour laisser les hommes s'expliquer, s'écria-t-elle. Pépé Charles savait que Berthe avait raison, qu'il devait gommer son entêtement. Son fils était là. Il était sûrement aussi troublé que lui. S'il avait fait ce premier pas pour venir jusqu'ici, avait-il le droit lui, de s'entêter ? C'était ce que Berthe lui avait murmuré à l'oreille, à juste titre. La peur de ces retrouvailles forcées ne devait pas prendre le dessus. Cependant, se retrouver seul, face à Aurélien, le paniquait. Ses jambes refusaient d'avancer, déjà qu'elles avaient du mal à le porter.

La pluie, en refaisant surface, vint intempestivement les doucher en surprise. Les esprits se reprirent alors. Des exclamations animèrent l'espace :

- Il pleut crie Simon ! Vous n'avez pas de parapluie, moi j'ai ma capuche.

Cependant personne ne bougea, cette pluie se heurtait à une indifférence générale.

- Il pleut, madame, répéta Simon.

- Je m'appelle Berthe, tu ne t'en souviens plus petit ? D'ici qu'on arrive chez moi ou chez Charles on sera trempé. Alors si on rentrait chez Gérard ? Il n'y a que le jardin à traverser, hein ?

- Chez lui ? C'est pourri ! dit Simon d'un air dégouté en se pinçant le nez.

- Ne t'inquiète pas, juste le temps de laisser passer cet orage. Ici ça ne dure pas, un petit pipi d'oiseau et hop le Roi-Soleil reprend sa place. En moins de temps qu'il faut pour le dire, tout est sec. Allez on va chez Gérard, il n'a pas intérêt à faire sa tête de lard. Et qu'il ne compte pas sur nous pour jouer les fées du logis !

Simon était partagé entre le mauvais souvenir de sa séquestration chez Gérard l'ivrogne et l'envie de revoir son malheureux chien. Il n'eut guère le temps de s'interroger plus avant, l'averse redoubla de violence.

Une fois de plus, Berthe prit les choses en mains :

- Allez Charles va dans la voiture de ton fils, nous on se réfugie chez Gérard.

Simon, enserrant la taille de sa maman, comme s'il voulait la protéger elle et son bébé, attrapant au vol la main de Berthe, les entraina dans la maison de Gérard. Il connaissait mieux que quiconque les lieux. Charles se retrouva tout seul au milieu de la chaussée.

Déjà Aurélien ouvrait sa portière et un pied dehors, sans hésiter un dixième de seconde, se précipita vers son père Charles.

- Viens papa. Nous serons mieux à l'intérieur.

Il avait déjà retiré sa veste et l'avait posée avec beaucoup de tendresse sur les épaules de son père. Celui-ci ne remerciera jamais assez dame nature qui lui permit une reprise de contact aussi rapprochée. Pour insolite, elle était complètement insolite ! L'eau salée qui coulait sur son visage se confondait avec l'eau bénie du ciel. Tous deux prirent place à l'arrière du véhicule. Aurélien gardait la tête baissée. Il ne savait quelle contenance adopter. Il ne savait que dire. Il ne savait s'il devait prendre la parole en premier. Il ne savait rien, juste savait-il que son cœur battait à tout rompre, que ses oreilles sifflaient, que ses cheveux sur le haut de son crâne lui faisaient mal comme s'il avait bu un litre d'alcool.

Charles n'était pas dans de meilleures dispositions. Dans sa précipitation pour aller délivrer Simon son petit-fils, il avait oublié sa canne. Ses mains tremblaient et il ne savait qu'en faire. Lui aussi ignorait tout de l'attitude que devait avoir un père dans de telles circonstances. Il n'avait guère eu le temps d'exercer sa fonction paternelle. De surcroit, il était certain que cela n'arrivait pas tous les matins qu'un petit garçon fugue, qu'un fils disparu depuis plusieurs années réapparaisse et que la pluie vienne les réunir dans un habitacle étroit et étouffant.

Une voix, qui semblait sortie de nulle part, secoua la léthargie ambiante :

- Baisse une vitre, fils, on étouffe ici.

- La pluie va entrer dedans « Pa » !

Ils tressaillirent comme s'ils venaient d'être surpris par un essaim d'abeilles. « Pa » sorti de si loin, si loin, du tréfonds de leur mémoire. « Pa » disait toujours Aurélien quand il voulait, soit discuter un ordre, soit lui adresser une supplique. Ce « Pa » rapprocha les deux hommes bien mieux que tous les discours les mieux préparés. Les épaules en se frôlant, les firent trembler d'émoi. Charles déglutit avec difficulté, il inspira en écarquillant les yeux :

- Fils, ouvre la vitre, ce n'est pas une petite averse qui va nous effrayer.

- Bien sûr « Pa », tout de suite.

L'air humide se précipita dans l'espace chloroformé de la voiture. Ils frissonnèrent soudain. Le nombre des années passées sans se parler, sans se voir, sans jamais donner de nouvelles, s'était dilué sous l'effet vivifiant de l'air frais. Réduit à peau de chagrin. Ils étaient réunis. Aucun rêve le plus fou ne l'avait envisagé, ni pour l'un, ni pour l'autre.

Le père, le fils se regardèrent longuement. « Le premier qui dégaine est mort » dit le proverbe, là il s'agirait plutôt de renaissance. Aurélien se jeta à l'eau, timidement :

- Comment ça va « Pa » ?

- Mieux maintenant, répondit Charles, éludant la véritable réponse. Tu as un bon petit gars, tu sais.

Aurélien douta d'avoir bien compris. Qu'avait dit la voix étranglée de son père « tu *as* un bon petit gars » ou « tu *es* un bon petit gars » ?

- Oui ! Simon est un petit garçon formidable, reprit Charles comme pour retarder une échéance.

- « Pa » il faut que je te dise. J'étais là. J'ai tout vu et je n'ai rien dit.

Charles trembla, pas de froid mais de désarroi. L'heure de vérité sonnait enfin. Qu'avait vu Aurélien ? Pourquoi n'en avait-il pas parlé alors ? Pourquoi avaient-ils perdu tout ce temps ?

- Parle, fils, tout cela n'a que trop duré.

Aurélien se recroquevilla. Le ton de « Pa » bien qu'affectueux et encourageant, l'embourbait dans sa peau de garçonnet. Dans son carcan de garçonnet meurtri. Dans ce mur qu'il avait érigé pendant toutes ces années entre lui et son père.

Un gros soupir déchira la bure de souffrance. Il raconta sa fugue nocturne à vélo la fameuse nuit, l'ivrogne quittant en titubant le bar, Gustave et son bras vengeur, la mare de sang recouvrant l'ivrogne raide mort et sa terreur d'être accusé. Lui le coupable tout désigné. Enfin c'est ce qu'il avait toujours cru. Il était un enfant. Il était malheureux ne supportant pas son double deuil. Ses remords. Oh oui, ses remords ! Il avait laissé dire, accuser son père sans bouger. Il était petit, il avait peur, il était terrorisé. Personne à qui en parler. Surtout pas à sa tante. Pas à elle ! Là il ne put lui en dire plus. Sa voix se brisa en sanglots contenus. Pas encore l'heure. Il prit sa respiration :

- Et toi « Pa » qui ...

Sa voix s'étrangla à nouveau. Il leva une main et nerveusement la crispa sur l'épaule de « Pa » comme pour s'y agripper. La chaleur du contact le rassura. Il voulut poser les questions qui dérangeaient mais la réalité le rattrapa :

- Papa, papa.

Simon tapait sur la carrosserie. Le gong pour Charles à l'épaule endolorie sous la pression d'Aurélien. Sa sensibilité était mise à rude épreuve.

Son menton tremblait. On pouvait presque entendre ses dents grincer.

- Tiens, voilà ton petit gars. Charles avait réussi à raffermir sa voix. Nous avons encore tant de choses à nous raconter et franchement il y a meilleur endroit pour ça.

- Attends « Pa » ! Je te demande pardon.

- Regarde, la pluie a cessé de tomber et le soleil fait le beau. Regarde tout autour de toi. Regarde ces arbres qui attendaient ton retour. Regarde fils, rien n'a changé mais toi oui. Tu es un homme maintenant et moi un vieil homme. Alors ne me demande pas pardon. Sinon je devrais le faire à mon tour. Nous avons tous quelque chose à nous faire pardonner. Il faut juste savoir à un moment donné faire face à son Destin et le guider. La Vie ne peut pas tout décider pour nous. Comme à présent, vois-tu ?

Pépé Charles poussa un grand soupir. Ses yeux humides ne supportèrent pas le regard reconnaissant d'Aurélien.

- Regarde Aurélien, tout le monde s'impatiente apparemment. Ta femme en plus doit fatiguer, vu son état. Allez on y va !

- Attends « Pa », je voudrais juste te demander ...

Déjà Charles avait ouvert sa portière. Il n'en pouvait plus. Son estomac n'était plus qu'un sac de nœuds. L'émotion longtemps contenue, montait à sa gorge. Il se sentait au bord des larmes. Il préféra tendre la main à Simon, son petit gars, et lui dire après s'être éclairci la voix :

- Ne recommence plus. J'ai eu tellement peur, tu sais. Tu imagines un peu tous les dangers que tu as courus ?

- Je sais Bernadette me l'a déjà dit.

- Bernadette te l'a déjà dit mais moi je te le redis ! - Sa voix était plus sévère qu'il ne l'aurait voulu - Cette escapade aurait très bien pu mal tourner. Avec Gérard, on peut s'attendre à tout. Et son chien ...

- Mais non, grand-père, son chien est une brave bête, ce n'est pas comme l'autre molosse.

Simon marmonna quelque chose d'inaudible. Il craignait de réveiller de mauvais souvenirs. Il tenta de s'excuser. Il n'était pas très fier de son aventure qu'il aurait voulu plus discrète. Le chien en courant vint japper autour de Simon, créant une diversion. Pépé Charles se raidit.

- D'où il sort lui ? Fais attention il pourrait avoir la rage. Décharné comme il est, il doit avoir la fringale, il aurait tôt fait de te bouffer un mollet. Ah ! Ces chiens.

Une fois de plus pépé Charles regretta sa canne. Il l'aurait bien rossé pour l'éloigner. Le regard d'Aurélien qui se rapprocha, aussi féroce que le sien effraya la bête qui recula comme à regret.

Berthe et Iéléna, la maman de Simon, les rejoignirent. Simon attrapa le bras de son grand-père et le secouant lança :

- C'est les vacances. Je peux rester dormir chez grand-père ? Grand-père, tu veux bien ?

La réponse d'Aurélien ne se fit pas attendre, et claqua d'un ton ferme et sans équivoque :

- Simon, je viens de rentrer pour toi. Pour te parler. Et toi tu cherches à fuir ? Et surtout, je n'ai pas encore eu le temps de m'expliquer avec mon père. C'est bien ce que tu voulais, non ? Que nous reformions une famille ? Alors moi d'abord. J'aimerais rester chez grand-père. J'ai demandé quelques jours de congés et cela n'a pas été facile de les obtenir. J'en ai déjà parlé avec maman au téléphone tout à l'heure. Elle est d'accord. Reste l'accord de grand-père.

Charles se trouva sans voix. Donner son assentiment pour se retrouver seul avec son fils ? Était-il en train de rêver ? Les rôles s'inversaient soudain. Alors qu'il aspirait tant à ces retrouvailles, c'était son fils qui l'en priait ! Cette réconciliation, il l'avait tant espéré mais il n'aurait jamais osé imaginer une invite filiale aussi pudique.

Dans les yeux d'Aurélien, une brillance humide chassa le voile qui obstruait son horizon durant toutes ces années :

- Tu vas rentrer avec Maman et me promettre de m'attendre bien sagement. Je n'ai encore rien dit au sujet de ta fugue !

- Je n'ai pas fugué ! Je voulais juste retrouver grand-père. Je lui ai écrit et il ne m'a pas répondu, alors je suis venu voir ce qui se passait ! C'est tout !

Berthe faillit s'étrangler :

- C'est tout ! Mais il est incroyable ce petit ! C'est tout ! Et nous pendant ce temps-là on a remué ciel et terre pour retrouver ton adresse. On venait juste de l'avoir et toi tu fais le c… euh… les quatre cents coups. Bon je suggère à ton père de ne pas être trop sévère, mais une petite punition ne serait pas inutile. Pour parler d'autre chose, j'ai une idée. Tu pourrais venir habiter avec ta maman chez moi quelques jours. On ne sait jamais des fois que ta petite sœur soit aussi pressée que toi de montrer le bout de son nez. Et lorsque ces messieurs auront fini de palabrer, on pourra passer aux choses sérieuses.

- Et c'est quoi les choses sérieuses ? Votre mariage ? Papa, papa, Madame Berthe veut se marier avec grand-père. Et grand-père a dit qu'il allait y songer.

- Madame Berthe ! J'ai l'air de quoi moi, Madame Berthe ? Tu as la langue bien pendue, petit, et d'abord, sache que ce sont des histoires de grandes personnes.

- Et vous « petit, petit » on dirait que je suis un poussin dans une basse-cour à qui on lance des graines. Je m'appelle Simon.

Pépé Charles, qui jusque-là n'avait rien dit, se lissa la moustache, ébouriffa les cheveux de Simon, lança un clin d'œil complice à Berthe en haussant les épaules. Il ne put s'empêcher d'imaginer les prises de bec et les chamailleries entre ces deux-là. À tout prendre il préférait encore cela à toutes ces années de froid polaire. Il se pencha courtoisement vers Iéléna :

- Iéléna, acceptez l'invitation de Berthe. Cela me tranquillisera et je suis sûre que Simon aura de quoi s'occuper avec le poulailler de Madame Berthe. (Pépé Charles riait sous cape). Quant à nous, fils, on se retire. La maison n'a pas changé depuis ton départ. Ta chambre est restée intacte à l'exception de la poussière qui a pris ses quartiers de noblesse, une invasion d'araignées se nichent dans les encoignures des murs et font des arabesques en se balançant du haut du plafond. Nous sommes à la campagne que veux-tu ! Cependant, j'ai commencé à faire un peu de ménage depuis l'arrivée de la lettre de Simon. Pour le change de vêtements, Simon trouvera bien dans tes affaires de quoi passer la nuit et Berthe prêtera à Iéléna une chemise de nuit. Après on avisera.

Simon et Berthe prirent place dans la voiture d'Iéléna. Pépé Charles dans celle d'Aurélien. Les valeureux arbres encore brillants de gouttelettes d'eau firent une haie d'honneur aux deux véhicules. Personne ne remarqua le chien qui fermait le cortège. Une fois arrivé devant la maison du grand-père, il stoppa net sa course et se tint campé sur ses quatre pattes, un peu craintif. En voyant Simon descendre de voiture, il se précipita sur lui, la langue pendante.

- Je m'appelle Simon, tu le sais déjà hein ? Et toi, ne dis rien, je sais « pépère ». Franchement tu n'as rien d'un pépère mais vu que tu es voisin avec grand-père ça me paraît logique ! J'ai plein de secrets à te raconter. Il faut que je te parle de Léa. Heureusement qu'elle est bavarde et qu'elle a craché le morceau. Tu imagines sinon ? Bon tu ne comprends rien, il faut que je te raconte tout depuis le début. Je sais où tu habites, promis je reviendrai te voir. Maintenant sauve-toi, sinon grand-père va se fâcher. Regarde-le, il n'a pas l'air commode. Sans parler de Gérard qui va venir te récupérer en te filant des coups de pied. Montre-lui les dents, fais-toi respecter. C'est toi le maître. Je t'apprendrai. Promis, juré, craché. Simon cracha ce qui eut pour effet de faire aboyer le chien.

Il lui donna une petite tape sur sa croupe maigrichonne pour le calmer. Le chien vit soudain le regard courroucé du grand-père. Il recula et repartit tête basse en sens inverse, bien tristement. Avait-il compris le message de Simon ? Simon lui avait parlé si gentiment, contrairement à l'ivrogne.

II – Ici c'est chez vous !

Berthe prit la tête des opérations en montrant d'un geste de la main le petit chemin qui menait à sa maison. Une jolie maisonnette, proprette, fleurie, au décor suranné. Elle y était née et y avait habité depuis toujours, au point qu'elle ne s'en rendait même pas compte. Mieux ! Il aurait fallu lui passer sur le corps pour remplacer le moindre fauteuil, jusqu'au napperon crocheté en dentelle écrue qui lui servait de repose-tête, empêchant ainsi les auréoles de transpiration de s'incruster sur le vieux velours cramoisi. Sans parler des tableaux où se prélassaient des champs de lavande au mauve complètement délavé par le soleil qui y avait lézardé, aux taches rouge sang des coquelicots qui déferlaient des collines. Elle aimait les fleurs, cela allait sans dire.

Simon et sa maman restèrent sur le pas de la porte. Attendaient-ils Aurélien et Charles ou tout simplement attendaient-ils l'invite de Berthe qui se croyant suivie, les interrogeait déjà depuis sa cuisine ?

- Bon, je suis sûre que vous avez soif. Après toutes ces péripéties ... Mais où sont-ils passés ? Ben entrez, vous êtes chez vous ici.

- Chez nous, c'est chez grand-père. Ici c'est chez vous !

- Voyons Simon pourquoi es-tu si désagréable ? Berthe nous offre l'hospitalité pour laisser du temps à grand-père et à papa et c'est ainsi que tu la remercies ?

- Ouais, mais elle veut se marier avec grand-père et moi je ne veux pas.

- Non mais je rêve ! Tu ne veux pas ? Mais c'est quoi ce caprice ? Tout le monde a le droit d'être heureux. Et puis ce sont des histoires de grandes personnes, il me semble qu'on te l'a déjà dit et ce n'est pas joli de t'en mêler. Simon présente tes excuses.

- Je m'excuse madame. Mais je viens juste de retrouver mon grand-père et déjà vous le voulez pour vous.

- Je t'ai déjà dit de m'appeler Berthe et je n'ai pas l'intention de te priver de ton grand-père. Dans toutes les familles, il y a des secrets et des tristesses. À présent que pépé Charles a retrouvé sa famille, j'aimerais bien retrouver la mienne. Si tu veux, tu pourras m'aider. Tu nous as déjà prouvé ton ingéniosité, dit-elle sur un ton mi-railleur, mi-affectueux.

- Vous aider ?

- Oui tu pourrais. Mais il est encore trop tôt pour en parler. Chaque chose en son temps. Alors qu'est-ce que tu veux boire ? Et ta maman ?

Simon ne répondit pas. Très curieux il n'attendit pas Berthe pour la visite. Il voulut tout de suite inspecter la chambre où il allait dormir. Il se dépêcha de faire le tour de la maison, le jardin. Les deux femmes laissèrent l'enfant libre de ses mouvements et discutèrent amicalement, histoire de faire connaissance. Entre femmes les choses se passent plus facilement. Leur intuition ...

Puis, Berthe installa ses hôtes dans sa chambre. Son grand lit ferait l'affaire pour la mère et l'enfant. Elle dormirait dans la salle à manger, sur son sofa. Petit à petit la maison prit une allure festive, résonnant des questions de Simon et des réponses de sa mère. Berthe imagina ce que serait sa vie si Charles la prenait pour épouse. Mais cela ne pourrait lui suffire. C'est sa famille qu'elle désirait avant tout, celle des autres serait la cerise sur le gâteau. Il était grand temps qu'elle s'y attelle. Sauf qu'elle n'avait aucune idée sur la façon de s'y prendre.

III – La chambre d'Aurélien

À son tour, devant la maison de son enfance, Aurélien arrêta son véhicule, coupa le moteur et une main sur le volant et l'autre tirant sur le frein à main, tourna la tête vers son père. Devant son hésitation, il lui cria :

- Attends « Pa » je vais t'aider.

Il s'extirpa du véhicule avec agilité et se dépêcha d'en faire le tour. Il prit le bras de Charles dans un geste spontané, comme s'il avait fait ça toute sa vie. Tous deux levèrent les yeux sur l'imposante bâtisse qui avait abrité plusieurs générations. Aurélien entendait son cœur battre furieusement et se força à sourire pour ravaler son émotion.

- « Pa » si tu ...

- Plus tard, plus tard. Viens ! Entre, je l'ai tant attendu ce moment, puis tant de fois j'ai désespéré qu'il n'arrive jamais, que nous n'allons pas gâcher ces minutes précieuses. Entre fils, entre. C'est Noëlle, ta mère, qui de là-haut doit être heureuse de nous voir enfin réunis. Aurélien restait figé et tendu.

Finalement, pépé Charles entra le premier. Aurélien craqua. Il se précipita dans l'escalier pour retrouver l'intimité de sa chambre. Sa chambre qui lui avait tant manqué. Sa chambre qu'il avait reproduite à l'identique pour Simon. Pour imaginer parfois que c'était encore la sienne. Même papier bleu décoré de fleurs. Même lit en chêne patiné et vieilli, aux montants décorés au pochoir. Sa femme, tout comme sa mère, excellait en la matière. Jusqu'au couvre-lit, un boutis en copie conforme dont raffolait sa mère Noëlle.

Cette chambre, il s'en souvenait comme s'il ne l'avait jamais quittée. Elle n'avait pas pris une ride. Elle lui chuchotait encore les belles histoires que sa mère lui racontait pour l'endormir ; sa voix qui lui chantait de jolies berceuses ; sa sœur qui venait régulièrement le taquiner.

Il en fit le tour en laissant traîner sa main sur les murs. Il sentit sous ses doigts les stries creusées par les roues des petites voitures qu'il s'ingéniait à guider comme sur un parcours de Formule 1. Il s'attarda sur son minuscule bureau, sur sa chaise. Juste un peu de poussière avait investi les lieux. Il s'assit sur le lit qui grinça comme avant. Comme avant... Il se pencha, sous le lit, ses jouets, son vieux tacot, son nounours recousu grossièrement par sa maman. Chaque fois qu'elle voulait le remplacer, Aurélien hurlait en le serrant contre lui. La petite poupée aux longues tresses qu'il avait dérobée à sa sœur parce qu'il ne comprenait pas qu'un petit garçon n'ait pas le droit d'avoir une poupée. Tous ces objets délaissés s'animèrent, telles des marionnettes dont la mémoire tirait les ficelles, pour lui dire qu'ils l'attendaient, qu'il n'avait que trop tardé. Trop de souvenirs vinrent l'estourbir. Il enfouit son visage sur l'oreiller pour assourdir les spasmes qui le secouaient. Que ne donnerait-il pour effacer ces années d'éloignement, d'égarement et de souffrance ?

Pépé Charles, que ses vieilles jambes n'avaient pu porter aussi prestement là-haut, s'était immobilisé en bas de l'escalier, une main sur la rampe, un pied en équilibre sur la première marche. Il n'osait pas rejoindre son fils. Ses yeux en supplique, ses oreilles en alerte, il essayait de deviner ce qui passait derrière la porte qu'un courant d'air avait fait claquer. Il savait qu'il leur faudrait du temps pour rompre la glace. Même si sous la glace, le feu !

Aurélien avait bien changé. Le mariage et la paternité semblaient lui avoir parfaitement réussi. Il devait pratiquer du sport car la belle prestance de son corps souple en témoignait. À moins que ce ne soit son métier qui l'avait mûri. Est-ce vraiment comme cela qu'il l'imaginait dans ses moments d'introspection ? Non pas vraiment. Il le voyait toujours petit, toujours larmoyant et toujours criant sa souffrance. Forcément, il ne l'avait pas vu grandir. Sa sœur, Giulia, qui en avait la garde, n'arrivait jamais à les rapprocher. Lorsqu'il allait leur rendre visite, bizarrement Aurélien restait introuvable. Charles s'inquiétait du silence de son fils et de ses disparitions mais Giulia, pour l'apaiser, lui disait que tout irait mieux à sa prochaine visite. Que tout allait pour le mieux. Mieux… mieux. Qu'Aurélien brillait en classe et n'avait pas gardé de séquelles du drame. Il l'avait crue. Il voulait tellement la croire ! Il en était presque arrivé à se consoler en se persuadant qu'il s'était mis en retrait pour le bonheur d'Aurélien.

Lui revint brusquement en mémoire ce que venait de lui dire Aurélien « pas ma tante, pas elle ». Pourquoi ? Comment avait-il été si aveugle, enfermé égoïstement dans sa propre souffrance ? Qu'est-ce qui aurait pu augurer du comportement étrange de sa sœur ? Comment avait-il pu être aussi naïf ? Résultat, subsistait dans le regard de son Aurélien une ombre dure définitivement installée. Il paraissait très nerveux et inquiet. Étaient-ce les effets des retrouvailles ? Simon aussi en souffrait de toute évidence. Il se promit de tout reprendre en main en chef d'orchestre d'une belle symphonie.

Il repartit en cuisine. L'heure du déjeuner approchait à grands pas. Les émotions de la matinée avaient sûrement ravivé l'appétit de tous. À moins que Berthe ne s'y soit déjà attelée. Berthe pensait à tout, toujours. C'était une maîtresse femme, comme la plupart des femmes du village. C'était une femme généreuse. C'était ... C'est ! lui rappela son cœur troublé. C'est ! la femme qu'il te faut à présent, insista son cœur chaviré. Il l'aimait bien ou beaucoup ? Il ne saurait le dire.

Est-ce bien le moment, Charles d'avoir de telles pensées ? Est-ce encore de ton âge la bagatelle ? se gourmanda-t-il.

Non ce n'était pas de la bagatelle, cette amitié amoureuse, il y tenait bien plus qu'il n'aurait cru. Son fils ne serait pas toujours là et l'idée de vieillir seul l'effrayait. Parce que Berthe n'allait pas tergiverser. Sa patience n'était pas éternelle. Elle voulait entrer dans la famille, sinon elle lui tournerait le dos. Il ne fallait pas qu'il s'y trompe. Berthe avait un caractère bien trempé et de celui-ci il avait bien vécu jusque-là. Il réalisa soudain que Berthe avait joué le second rôle, mais pas n'importe quel second rôle !

Une pensée, à l'effet apaisant comme un baume, vint lui traverser l'esprit. Ils étaient inséparables, comme les doigts d'une main. Elle ne l'abandonnerait pas. Et s'il l'aidait à se rapprocher de sa famille, l'équilibre serait tout trouvé.

Il se secoua et chassa ses pensées encombrantes pour l'heure. Un sourire s'esquissa sur ses lèvres. Il l'imagina sans peine en train d'offrir à ses hôtes sa liqueur de citron. Avec le temps il avait appris à les apprécier ... la liqueur et Berthe. N'était-ce pas un tout ? Aujourd'hui il en prendrait bien un petit verre et le reste... si affinités.

Tout comme il n'osa pas rejoindre son fils, il se retint d'aller retrouver Berthe et ses hôtes. Il ne lui restait plus qu'à aller s'asseoir sur son banc, le dos appuyé sur Gustave auprès duquel il éprouvait le besoin de s'épancher. Chaton le bienheureux l'y attendait, somnolant à son tronc, roulé en boule entre deux doigts de pied racinaires, boursouflures émergeant de la terre, mère nourricière.

Un petit lézard des murailles, surpris, se dépêcha de ramper avec agilité sur le mur de la façade. D'un beau gris vert, à la face ventrale jaune pâle et à la gorge mouchetée de noir, il se déplaçait par ondulation à l'aide de ses pattes, de son abdomen et de sa queue, quand il stoppa net son avancée. Il se plaqua au crépi mural, à la couleur passée et vieillie, comme pour se faire absorber et se tint immobile. Autrefois, il avait perdu une bataille en y laissant sa queue d'origine, à l'écaillure brillante, arrachée par un prédateur. À la place, lui repoussa une queue gris sombre qui lui permettait de se fondre dans la rocaille. Brusquement, il releva sa tête, presque à angle droit, la tourna à gauche et à droite, sortit sa fine langue fourchue en quelques allers et retours et d'un coup énergique de sa queue, s'enfuit. Avait-il découvert un moucheron ou un quelconque insecte ? Chaton aurait bien aimé n'en faire qu'une bouchée, mais il dormait. Le bienheureux !

Tandis que les vieilles branches de Gustave oscillaient imperceptiblement, frissonnant sous le petit souffle d'air rafraîchi par la pluie matinale, Pépé Charles qui avait observé la scène en souriant, intégra sa place. Les bras croisés, le nez pointé vers le sol, sa canne entre les jambes, il s'assoupit de bien-être.

IV – Le hasard

Bernadette, un œil distrait sur la route, les deux mains serrant le volant, les jambes encore flageolantes, revisitait sa folle matinée. Un gosse seul sur la route sous la pluie. Elle l'avait embarqué sans imaginer un seul instant les conséquences qui allaient en découler. La vie tient à peu de chose finalement. Ce matin, un bref regard à l'extérieur l'incita à quitter son domicile plus tôt qu'à l'ordinaire. Il pleuvait. Elle serait sortie quinze minutes plus tard, le destin aurait été tout autre. Peut-être que quelqu'un d'autre se serait chargé de Simon ou peut-être aurait-il fait demi-tour réalisant la hardiesse de sa fugue sous la pluie. Le hasard dans sa vie avait toujours pris une place certaine et déterminante.

Comme lorsque sa clé se cassa dans la serrure de l'appartement. Ses parents étaient absents. Elle se retrouva toute bête sur le palier. Un jeune voisin montant les escaliers quatre par quatre faillit la renverser alors qu'elle redescendait pour aller demander de l'aide à la concierge. Ils ne se quittèrent plus, se marièrent et son mari créa une société de dépannage en tous genres.

Comme lorsqu'elle ne put enfanter, étant atteinte d'une malformation. Son médecin qui la suivait régulièrement, se trouva dépourvu de nurse pour ses deux gamins. Il lui proposa d'emblée le poste. Elle put ainsi assouvir son instinct maternel. À défaut d'aimer sa progéniture, elle pouvait offrir ses plus tendres câlins à deux enfants adorables.

Aujourd'hui sa rencontre avec Simon, son instinct qui lui fit rebrousser chemin après l'avoir déposé au carrefour, et sa farouche détermination à s'interposer entre l'ivrogne et l'enfant, lui firent admettre que c'était du hasard puissance dix, le Destin. Et ce destin elle se promettait de le magnifier et d'en tirer profit. Elle allait avoir de nouveaux amis et surtout elle proposerait à Simon une rencontre hebdomadaire, cinéma ou Mac Do. Elle lui laisserait le choix. Il serait son petit prince de lumière. Elle éprouva brutalement une bouffée de bonheur qui lui fit rosir les joues. Elle était distraite à un point tel, qu'elle dépassa la maison de ses patrons et dut opérer une marche arrière. Décidément quelle journée ! Elle pouffa de rire.

Déjà quatre petits bras lui enserraient le cou, des cris de joie l'accueillaient dans une belle cacophonie. Quelques larmes, qu'elle ne put retenir, roulèrent sur ses joues. Elle renifla bruyamment pour masquer son émoi. Encore une fois, si le hasard ne l'avait pas retardée, les deux petits qui devaient l'attendre avec inquiétude, lui auraient-ils réservé une telle fête ? Elle ne put s'empêcher de penser positivement. Si la vie l'avait privée des joies de la maternité, elle avait compensé en lui offrant cette belle revanche. Elle soupira d'aise et passa sa blouse blanche avant de s'activer.

De son côté, Charles fut réveillé en sursaut par une Berthe amusée et bien déterminée :

- Le repas est prêt, cher Monsieur Charles Dumont, vous êtes convié à le partager ....

- Tu m'as fait peur. J'ai cru que j'étais devant monsieur le maire et qu'il me fallait demander ta main.

Devant la mine déconfite de Berthe, Charles pris de remord, se dépêcha de l'inviter à venir prendre place quelques instants sur le banc de l'amitié. Il regrettait sa plaisanterie. Trop tard. Elle lui tournait le dos.

Il ne lui dira pas qu'elle lui était apparue dans son assoupissement.

Souriante, jeune et jolie, tenant d'une main un minuscule bouquet de fleurs blanches reliées par un effiloché de rubans roses en volutes spiraloïdes légères ; et de l'autre tirant une lourde traîne, ceinturée à la taille de sa robe de mariée. Elle tirait avec difficulté une traîne de casseroles, comme celle qu'on attachait au pare-chocs des voitures le jour du mariage. Un homme à ses côtés lui tenait le bras. Charles ne le reconnut pas. Charles avançait en apesanteur et lorsqu'il voulut détacher la traîne tintinnabulante, Berthe le réveilla.

Il se demanda quel diable l'avait habité durant ce court somme. Le diable ou un signe du destin ? Quelle explication donner à ces images ? Il ne voulut plus se mentir. La peur l'avait abandonné. La raison lui revenait. Berthe ne serait plus l'amie, la voisine, la panseuse de plaies. Cela il ne pouvait plus le concevoir. En même temps il était abasourdi par cette prise de conscience que des années durant il avait repoussée avec véhémence. Mais alors qu'est-ce qui l'avait fait ainsi changer d'avis en quelques minutes ? Aurélien !

La rencontre avec son fils avait déplacé les pions sur l'échiquier de sa vie. La dame... le roi... C'était elle, c'était lui. Les deux Tours... c'étaient leur refuge à chacun. Y a-t-il un âge pour aller vers son destin ? Il n'y a qu'un chemin de lumière et il allait le suivre, le vivre. Ses yeux brillaient, habillés de mille étoiles.

Il se secoua et se précipita vers une Berthe dépitée qui se vit prise par le bras et priée de revenir s'asseoir sur leur banc. Il lui parla comme à une jeune fille, celle de son rêve, d'un ton étrangement doux, qu'elle ne lui avait jamais connu :

- Allez déride-toi ! Depuis le temps que nous nous connaissons, tu sais bien que j'aime plaisanter. La vie est trop sérieuse et de temps en temps il faut un peu divaguer.

Berthe profita du trouble de Charles dont elle ignorait totalement la teneur, pour faire échec et mat. Son sixième sens avait résonné en elle. Elle s'insurgea :

- Divaguer dis-tu ? En tout cas, c'est la dernière fois que je m'assois sur ce banc en tant qu'amie et voisine. Ta demande en mariage solennelle se fera ici même ou jamais ! Et ne tarde pas trop, figure-toi qu'on n'est plus tout jeunes. Et puis j'en ai marre, fais comme bon te semble, dit-elle en se levant. Viens manger si tu veux !

Charles devina que la détermination de Berthe n'était en fait que de la détresse. Cette femme généreuse le touchait. Il la retint pour calmer le jeu et la taquina :

- J'ai faim, tu as préparé quoi à déjeuner ?

- Rien du tout ! C'est la surprise du chef et je peux te dire qu'elle est de taille ! Un « big » quelque chose, confectionné par Simon. Comme je n'avais pas ce qu'il lui fallait dans le frigo, il m'a précisé, « ce n'est pas grave, ce sera du Mac Do revisité par Simon ». Je crains le pire.

- Ben ça promet en effet ! Il ne te resterait pas un peu de quelque chose de mieux ? supplia Charles.

- La ratatouille d'hier, j'y casserai un œuf si ça te convient.

- Ça fera l'affaire. Chaton attend sa pâtée, je m'en occupe, puis j'arrive !

- Tu crois qu'il dormirait aussi profondément le ventre creux ? Je lui ai donné un reste de jambon. Plus très frais soit, mais quand on a faim ... Allez tu as une autre excuse ou on commence sans toi ? s'exaspéra Berthe

- Grand-père, viens voir ce que je t'ai préparé. Tu n'as jamais rien mangé d'aussi bon. Viens on vous ... Et papa il est où ?

Berthe réalisa d'un seul coup :

- Tiens je l'avais oublié celui-là. Au fait, tu l'as laissé là-haut tout seul ?

- Pour sûr que je vais me régaler, répond Charles en grimaçant pour créer une diversion. Je n'ai pas envie de te priver de ce que tu as préparé avec autant d'empressement. Berthe va nous réchauffer un reste d'hier pendant que je vais aller chercher ton père. Il se repose dans sa chambre, tout ce remue-ménage l'a fortement secoué.

- OK, il y en aura plus pour moi et Chaton. Je l'ai invité mais je n'ai pas compris pourquoi il a disparu. Tout ce qui tombe par terre ou à côté du gaz, c'est pour lui. Promis il va se pourlécher les babines.

- Ce sont les ânes qui commencent par eux-mêmes. On dit « Chaton et moi », petit brigand. Dis-moi, Berthe t'a-t-elle fait goûter de sa bonne liqueur de citron ? Parce que moi j'en prendrais bien une lichette, histoire de me rincer le gosier. Au fait Gustave a un nouveau secret et comme tu n'étais pas là...

Simon fronça les sourcils. Il avait bien compris de quel secret il s'agissait et ne voulut pas pousser plus loin les confidences. Ne lui avait-on pas suffisamment répété aujourd'hui que c'était une histoire de grands ? Il irait plus tard sonder Gustave. L'heure était au déjeuner et il avait faim.

Berthe comprit que Charles voulait laisser un peu plus de temps à son fils. Elle s'empressa d'aller chercher un verre et le remplit du liquide ambré.

Charles but en grimaçant. Décidément il ne s'y ferait jamais ! Enfin, s'arc-boutant sur sa canne et soupirant d'aise cette fois, il rentra chez lui pour inviter Aurélien à se joindre au repas.

Berthe, de retour chez elle, se planta devant un cadre vieillot. Deux photos découpées aussi droit que possible venaient se serrer dans un encadrement en glace tout oxydée par le temps. Les personnages en noir et blanc posaient avec austérité. La photo de gauche, une photo de ses parents le jour de leur mariage. La photo de droite, ses frère et sœur en bas âge, avant que le père ne déserte le foyer.

Berthe n'avait plus aucune nouvelle de sa fratrie. Petit à petit le village s'était vidé de sa substance vive, sa jeunesse. Plus de travail, les anciens, ainsi les appelait-on, continuaient à cultiver leur lopin de terre pour subsister. Les jeunes hommes montaient à Paris pour trouver du boulot. Ils revenaient de temps en temps et repartaient au bras d'une jeune fille à qui ils avaient auparavant passé la bague au doigt. Beaucoup s'exilèrent dans des pays plus lointains où la main-d'œuvre manquait. Bientôt il n'y eut plus de filles à marier et c'est sur place, là-bas, qu'ils trouvèrent l'âme sœur. C'est ce qui arriva probablement à sa famille puisqu'elle n'eut plus l'occasion de les revoir, ni de près, ni de loin. Ni dans les fêtes de village, ni dans les mariages, ni lors des naissances. Les rechercher ne serait pas une mince affaire. Une idée des plus saugrenues lui traversa l'esprit qu'elle chassa aussitôt. Cela amuserait beaucoup Charles, pas elle. Elle était superstitieuse et sûrement pas aussi tordue qu'il aurait fallu l'être pour mettre cette idée en pratique.

Elle songea au notaire qui avait rédigé les documents pour l'héritage, si maigre soit-il, au décès du père, bien après celui de la mère. Peut-être aurait-il une adresse à lui communiquer ?

Elle songea à passer une petite annonce « avis de recherche ». Non c'était ridicule et sans grand espoir de résultat probant.

Elle songea à la petite Éloïse. La postière. Peut-être pourrait-elle faire des recherches, aidée de ses collègues ?

Elle songea à l'émission qui passait à la télé « c'est mon histoire ». Si elle leur écrivait : « je recherche ma famille, aidez-moi » ? Là encore fallait-il qu'au moins un membre de sa famille regarde ce genre d'émission, qu'il habite en France et quand bien même ! Quand bien même, si toutes ces conditions étaient réunies, encore fallait-il qu'ils aient envie de la rencontrer. En plus ce genre d'émission donnait dans le mélo pour augmenter les audiences et elle ne voulait pas tomber dans ce piège. Cependant, pour sa sœur, elle conservait un espoir. L'espoir qu'elle ne se soit pas trop éloignée. Elle l'avait croisée quelquefois après le partage de l'héritage mais elles ne s'étaient pas adressées la parole. Berthe ne voulait pas lui donner raison de lui avoir prédit son long célibat en la ridiculisant à la Sainte Catherine. Lui avait-elle porté malchance ? Non elle ne voulait plus entrer dans ce jeu malsain. Elle voulait reconstituer le puzzle de sa grande famille avec amour. Une voix lui susurra « tu veux ta revanche ». Berthe haussa les épaules. Elle voulait une vie de famille.

Non, décidément, elle ne voyait pas d'issue. Ce n'était pas gagné d'avance. Elle ne se décourageait pas pour autant. Tout problème avait sa solution. Alors pourquoi pas le sien ?

Simon et sa maman vivaient chez Berthe depuis deux jours. Charles et son fils ne se montraient qu'aux heures des repas que Berthe confectionnait bien souvent sous les directives du « Pacha ». Ainsi avait-elle surnommé Simon qu'elle aimait tendrement. Le petit-fils l'attendrissait au moins autant que le grand-père. Même fichu caractère, même entêtement, même intelligence. Car oui son Charles est intelligent. S'il n'avait eu tous ses malheurs… Il commençait à lui manquer. Leur vie tranquille avant l'arrivée de Simon avait du bon tout de même. Elle savait que rien ne serait plus comme avant. Elle commençait à vivre « l'après ».

Quand Berthe se parlait à elle-même, tout le monde en profitait. Ses lèvres bougeaient comme si elle s'adressait à un sourd muet et sa voix sortait du fond de sa gorge sans qu'elle s'en rende compte. Un soliloque, en quelque sorte. Aussi Simon la taquinait régulièrement :

- Parle un peu plus fort, j'entends rien.

- Les oreilles, ça se lave figure-toi, lui répondait-elle invariablement sans pour autant cesser cette habitude contractée depuis si longtemps.

À l'aube du troisième jour, au petit déjeuner, la question suspendue au bord de toutes les lèvres et que personne n'osait formuler, fut posée par Simon avec l'impatience qu'on lui connaissait :

- Dis, maman, quand est-ce qu'ils auront fini les deux là-haut ? Je veux rentrer à la maison. Je veux voir Léa. Il faut que je lui raconte tout !

- On dirait que tu es pressé de fanfaronner auprès de Léa ? C'est quand tu veux ! Nous pourrions même, en retour, inviter Berthe.

V – L'échiquier

Les deux là-haut étaient pris dans la tourmente de leurs souvenirs. La réconciliation était à ce prix. Ils s'apprivoisaient à coup d'avancée de pions. Un pion noir, Charles parlait de la pluie et du beau temps, du village, de politique, cherchant une quelconque échappatoire. Un pion blanc Aurélien hochait la tête ou répondait du bout des lèvres. Il luttait pour juguler son émotion. Il préférait laisser son père s'exprimer en premier car lui savait que dès qu'il prendrait la parole, son « Pa » ne pourrait plus l'arrêter.

Son père, il l'aimait et le respectait mais il lui était presque étranger. Plus de vingt ans d'absence. Durant toutes ces années, il avait navigué dans un bateau sans capitaine. Il lui était quasiment impossible de redresser la barre. Il tanguait au gré des événements, l'aiguille démagnétisée de sa boussole perdait constamment le nord. Il ne pouvait pas grandir ni voir grandir ses enfants devant cet avenir qu'il n'appréhendait qu'en noir et blanc. Les remords le rongeaient. Il avait tout quitté pour pouvoir faire sa vie loin du tumulte et du malheur, loin de sa tante aigrie et méchante, pour se reconstruire. Il remettait de jour en jour et de mois en mois le moment de rentrer. Jusqu'au jour où Simon posa la question existentielle de l'absence du grand-père. *En avait-il un ou était-il mort comme celui de son copain Jules* ? Ce fut le coup de semonce. La prise de conscience. Allait-il attendre le faire-part de décès de « Pa » pour retourner au pays ? Le recevrait-il seulement alors que personne ne connaissait son adresse ? Revenir trop tard c'était sa mort assurée à lui aussi. Il ne s'en remettrait pas. Aurélien détourna son regard, craignant que son père ne lise en lui comme dans un livre ouvert.

Devinant le ressac de sentiments contradictoires qui chahutait l'esprit d'Aurélien, le père prit la parole. Comme par mimétisme, dans un sentiment d'apaisement, il tint le discours qui correspondait exactement aux angoisses du fils :

- Fils je suis heureux que notre réconciliation se fasse enfin. Ma hantise était de m'éteindre sans t'avoir revu, sans savoir ce que tu étais devenu, sans connaître tous mes petits-enfants. M'éteindre sans que tu me tiennes la main, sans que tu me dises au revoir, aurait été une double punition. Mais comment savoir où tu étais ? Lorsque j'interrogeais ma sœur Giulia, elle haussait les épaules et me répondait que tu étais un ingrat et que tu avais préféré déserter son foyer sans même la remercier et quitter la France. Que tu étais parti sans rien dire parce que tu avais gardé la haine en toi. Je l'ai crue. Au début je me disais, il va vite revenir, il va comprendre que sa vie est ici mais plus les jours passaient plus je me résignais. Je n'ai jamais pu oublier ta mère, ma Noëlle. De plus, j'étais rongé de remords parce que Noëlle m'avait fait promettre de te protéger et je n'y étais pas arrivé. Berthe a été un soutien indéfectible. Sans elle que serais-je devenu ? Alors avec Chaton, Gustave et Berthe nous avons fait de notre mieux. Et toi ? Raconte-moi. Tu m'as dit l'autre jour que tu avais tout vu, que tu savais tout. De quoi parlais-tu ? Et ma sœur que s'est-il passé avec elle ? Oui je sais, je pose trop de questions avant même que tu puisses répondre à une seule. J'ai une bonne bouteille que je conservais depuis toujours en me disant que « toujours » serait un jour de « retour » et qu'à nous deux nous la dégusterions avec bonheur. À notre famille, fils !

Les deux hommes trinquèrent en se regardant franchement dans les yeux. Une douce chaleur les enveloppait comme un manteau douillet. Aurélien commença sa confession d'une voix grave. Son angoisse s'estompait au fur et à mesure que le vin l'enveloppait d'une délicieuse euphorie. À un moment sa voix se grippa. Il se racla la gorge et inspira profondément, pour s'encourager. Il avait soif mais n'osait perturber l'ambiance confidentielle qui s'était installée dans sa chambre. Descendre à la cuisine pour aller chercher un verre d'eau aurait ruiné ses efforts de concentration. Il refusa un deuxième verre de vin. L'alcool avait failli le perdre. Il s'était laissé entraîner sur les chantiers. Il n'osait jamais refuser le verre de l'amitié, puis le verre de l'apéro, puis le verre de fin de journée, puis la fête d'untel, la réussite d'une nouvelle expérience en plantation, jusqu'à rentrer chez lui en titubant. Il s'endormait en ne pensant plus à rien, ne se souvenant de rien. Mais il savait pertinemment qu'il se détruisait en se réfugiant dans l'alcool. Il savait que ce n'était pas ainsi qu'il trouverait l'oubli. Il savait surtout que les réveils étaient dramatiques, plus violents de jour en jour. Toutefois, il n'avait ni la force, ni le courage d'enrayer la spirale infernale de l'addiction à la boisson. Un jour il arrêta tout net. Il n'avait plus besoin du faux ami qu'était devenu l'alcool. Il avait rencontré sa bonne fée, sa femme.

- Lorsque tu m'as laissé chez ma tante, j'ai hurlé de douleur parce que je ne comprenais pas ton abandon. Je voulais venger ma mère et ma sœur et toi tu ne faisais rien. Tu acceptais le meurtre, parce que c'était un meurtre en tout cas dans ma petite tête d'enfant, sans réagir. J'étais trop petit pour écouter tes explications qui étaient censées me protéger. Tu ne pleurais même pas et tu m'ordonnais de sécher mes larmes. Que j'étais un homme et que les hommes doivent rester dignes face à la douleur.

Charles ne chercha pas à l'interrompre pour lui dire que sa peine était si grande que toutes les larmes de son corps n'y auraient pas suffi. Qu'il allait se réfugier dans les toilettes pour pouvoir pleurer tout son saoul sans témoin. Qu'il ne fallait surtout pas que son enfant le voie dans cette détresse. Qu'il devait se montrer fort pour tous les deux. Que c'était Berthe qui venait toujours le rechercher et le réconforter. Quelle erreur de jugement ! Quelle erreur due à sa jeunesse, la perte d'êtres chers lui ayant fait perdre raison.

Aurélien continuait son récit sans regarder « Pa ». Il ne voulait surtout pas le culpabiliser mais tout dire, même le plus difficile, sans retenue:

- Un soir, j'ai quitté en cachette la maison de Tante Giulia et j'ai pédalé sur mon vélo, les jambes tremblantes, comme un fou, sur la route sombre et ensommeillée, sans âme qui vive. J'ai attendu l'ivrogne devant le bar sur la place, elle aussi déserte et je l'ai vu sortir du bar en titubant et se cogner la tête sur le chêne, se prenant les pieds dans une racine rebelle. J'ai été pris de panique en me rapprochant. Il baignait dans son sang. J'ai pris la fuite et pendant plusieurs jours je n'ai pas pu ouvrir la bouche. J'étais devenu muet. Un jour, Giulia m'a dit que les gendarmes étaient venus à la maison et t'avaient menotté puis emmené en prison. Elle n'arrêtait pas de dire du mal de ma mère, cette étrangère. Et de toi également. *Si tu n'avais pas été aussi stupide de t'amouracher d'une fille légère qui n'avait même pas su protéger sa fille, tu ne serais pas devenu un assassin.* Elle avait presque l'air de se réjouir de ce qui était arrivé. Elle était haineuse et me prédisait de mal tourner moi aussi, étant le digne fils de ma mère. C'était ainsi tous les jours, je n'en pouvais plus. Un matin, excédé, je lui ai hurlé au visage qu'elle était folle et méchante, que tu n'étais pas l'assassin, que j'avais vu la scène du drame et j'ai tout raconté. À partir de ce moment-là, j'étais devenu à mon tour un meurtrier puisque je n'avais pas porté secours à un pauvre malheureux. J'aurais dû alerter, crier et non m'enfuir comme un poltron. Non-assistance à personne en danger, tu sais ce qu'il en coûte, m'assénait-elle ? Les années de prison qui t'attendent ? Elle me terrorisait en me décrivant les horreurs qui s'y passaient. Cela ne lui suffisait pas, elle m'a même puni, privé de dessert. Elle m'obligeait à faire le ménage pour réparer ma faute. Elle me menaçait d'aller me livrer aux gendarmes si je ne lui obéissais pas au doigt et à l'œil. *Je t'ai à l'œil* me menaçait-elle tout le temps. J'avais envie de les lui crever, ses yeux.

Charles ouvrait des yeux exorbités. Il ne pouvait pas croire ce récit. Il devait être en train de cauchemarder à n'en pas douter et allait se réveiller. Il regardait Aurélien. Son fils était un peu confus, agité. Il voulait tout dire d'une traite pour se débarrasser de tant d'années de souffrance silencieuse. Le ton de sa voix était de plus en plus excité, comme si ses paroles hachuraient une feuille remplie de mots qu'il voulait rayer pour la vider de sa substance. La mettre au panier et se reconstruire.

- Je voulais te voir. Je voulais revenir à la maison. Elle braillait haineusement que tu ne voulais plus d'un fils indigne et même que tu croyais que c'était moi l'assassin et que de toute façon cela revenait au même. Je guettais ton arrivée, mais à chaque fois elle s'arrangeait pour m'envoyer à l'autre bout du village et à mon retour, tu étais déjà reparti. Elle vociférait que tu venais pour lui remettre un peu d'argent pour ma nourriture mais que tu refusais toujours de me voir. Elle me montrait des billets et ricanait. *« Cet argent ce ne sera pas pour toi, tu vas aller travailler à la boulangerie après l'école, il ne manquerait plus que je te nourrisse aussi »*. Ce fut le meilleur moment de ma jeunesse. Je me suis lié d'amitié avec le fils du boulanger et ensemble nous nous sommes inscrits dans une école professionnelle, étude et formation en horaires partagés. Le week-end lui rentrait chez ses parents, moi je restais sur place comme un pauvre orphelin. Ensuite on m'a proposé de continuer mes études tout en travaillant chez un pépiniériste. J'ai pu ainsi payer mes études et obtenir mon diplôme d'ingénieur agronome. Puis avec Louis le fils du boulanger, nous avons répondu à une annonce pour aller en Pologne exercer notre profession. Là j'ai rencontré Iéléna ma femme. Je ne l'ai pas épousée tout de suite. J'ai attendu la fin de mon contrat et nous sommes revenus en France, plus exactement à Marseille, où un nouveau poste m'attendait. Il ne s'est pas passé un jour sans que je pense à toi. L'envie me tenaillait de venir te voir mais j'avais peur que tu n'apprécies pas « l'étrangère » à ton tour. Iéléna est tout comme maman. Elle peint en chantant comme maman, tu te souviens ?

Charles troublé, ferma les yeux. Sa princesse Noëlle était là comme dans son souvenir, il l'entendait encore, chantonnant à tout moment de la journée. Les odeurs de peinture, d'essence de térébenthine qui perpétuellement stagnaient dans son atelier lui donnant des maux de tête, vinrent à nouveau lui chatouiller les narines. Noëlle oubliait régulièrement ses pinceaux dans des pots de confiture reconditionnés pour la circonstance. Elle les obligeait à faire trempette avant nettoyage et bien souvent lorsqu'elle les récupérait, ils avaient perdu quelques poils. Elle éclatait toujours de rire pour ne pas reconnaître son étourderie. Il revoyait ses ongles tâchés, ses doigts colorés qu'elle passait sur les toiles comme pour les caresser d'amour. Il la revoyait, tenant d'une main sa palette et de l'autre son pinceau, les jambes écartées dissimulées sous de longs jupons, la tête penchée sous le poids de sa chevelure luxuriante coquettement ramenée sur le côté, de longues minutes absorbée par sa toile. Elle lui semblait sortir tout droit d'un tableau de Renoir. Il avait gardé tous ses tableaux dans un placard pour qu'ils ne s'abîment pas. Il se promit : *demain je les ressortirai et je les accrocherai partout.*

- Bien sûr que je m'en souviens, avoua « Pa » dans un soupir. Elle voulait même m'apprendre à peindre. Avec mes grosses mains plus habituées à taper avec le marteau sur les chaussures, je ne risquais pas de réussir. Et ça la faisait rire !

- Ma femme initie à la peinture Simon car il lui tourne toujours autour. Il peint déjà très bien. Il tient de sa grand-mère affirme Iéléna péremptoire. Elle m'a sans cesse reproché de ne pas venir faire le premier pas, de priver Simon de son grand-père. Iéléna est orpheline donc de son côté il n'y a pas de famille. Je savais que d'être à Marseille était un pas important pour notre rapprochement. Quand elle m'annonça la future naissance de notre fille, là j'ai sangloté même si ton ombre flottait au-dessus de ma tête pour me dire d'arrêter de pleurer puisqu'un homme ne pleure pas. J'étais désespéré à l'idée de te priver de ton rôle de grand-père. Une chance, mon patron avait besoin d'un ingénieur dans un nouveau plan d'urbanisation avec jardins dans le Var. J'avais commencé à tenir un cahier pendant que ta sœur m'accusait de tous les crimes, lorsque je surpris un jour une discussion entre deux vieux du village qui disaient que le patron du bar était sorti pour porter secours à l'ivrogne mais qu'il était déjà raide mort, mort sur le coup. À partir de ce moment-là j'ai compris que ta sœur était méchante et que je n'étais pas responsable. J'ai laissé ce cahier bien en évidence pour que Simon le retrouve.

- D'accord, mais pourquoi as-tu encore attendu pour revenir, obligeant Simon à faire les quatre cents coups ?

- Un autre remords me rongeait « Pa ». Je les ai laissés t'accuser sans réagir et ça aussi tante Giulia me l'avait reproché en me traitant de lâche. Comment toi allais-tu me recevoir ? Je ne savais pas et j'avais honte. Je pensais attendre la naissance de ma fille. Je sais c'est stupide de repousser une échéance inéluctable et Simon est plus intelligent que moi puisqu'il a eu ce geste insensé de fuguer.

Un large sourire, ressemblant à une tranche de pastèque ou à un rayon de soleil, entrouvrit les lèvres d'Aurélien. Son premier sourire depuis le début de son long plaidoyer augurant les prémices d'un bonheur qui se profilait à l'horizon.

- Au fond « Pa », Simon est le digne fils de son père non ? Fuguer pour rendre justice, c'est notre seule arme ? Non ? Sauf que le chêne a fait le travail à ma place.

Il éclata de rire soudain soulagé. Ce ne fut pas tout à fait du goût de Charles :

- Je tremble à l'idée de ce qui aurait pu arriver à Simon. Ce Gérard, ivrogne, rongé par la solitude et l'idée de vengeance, avec un chien affamé et battu. Si Simon n'était pas parvenu à prendre la fuite… Il est génial ton petit !

Charles hocha la tête et donna une tape affectueuse sur la cuisse d'Aurélien. Il n'allait pas dramatiser une fin, somme toute heureuse. Il regarda Aurélien et tous deux furent pris d'un fou rire nerveux. Un long moment après, Charles, retrouvant ses esprits, se leva :

- On va aller rejoindre les autres qui doivent se faire un sang d'encre. Il faut que je te dise ce qu'est devenue ta tante Giulia et bien d'autres choses encore, mais plus tard. En plus j'ai faim et va savoir ce que nous ont concocté encore Berthe et Simon pour ce midi. Attends un peu, tu sens ? Non ? Mais si, ça brûle. Mais où sont-ils tous passés ?

Aurélien descendit les escaliers en glissant sur la rampe comme il avait coutume de le faire enfant. Dans la cuisine, il resta interdit devant la gazinière. Une casserole probablement oubliée par Simon, crépitait intempestivement provoquant cette odeur de brûlé. Personne en vue. Pas le moindre son sauf celui de « Jeanne d'Arc » qui appelait au secours. Charles essoufflé et néanmoins soulagé, faillit se brûler la main en la retirant du bûcher. Il jura et sourit à Aurélien comme pour s'excuser.

- Sacré Simon, il a mis le feu dans mon cœur l'autre jour à la fête du village et là c'est à ma maison !

Des cris joyeux leur parvinrent de la place. Charles s'approcha de la fenêtre, l'ouvrit en grand, se pencha sur la gauche. Il héla Aurélien pour partager le spectacle. Un décor festif s'offrait à leurs yeux, la réplique vivante du « déjeuner sur l'herbe » de Monet.

- Simon ! Quel sacré gamin, ne put-il s'empêcher de s'écrier à nouveau. Ta mère avait peint cette scène à l'identique. Je vais ressortir ce tableau et l'offrir au petit. La vie m'offre un beau cadeau tout de même, à moins que ce ne soit ta mère ... il ne put terminer sa phrase ! Par pudeur, il détourna la tête faisant mine de regarder par la fenêtre.

Une couverture dépliée généreusement sur le sol, des assiettes en carton, des verres et des couverts en plastique, des serviettes en papier décorées de petits lutins, sous l'ombre bienveillante de Gustave. Dans un panier, au pied de Gustave, des bouteilles de coca, de limonade et de liqueur de citron, attendaient patiemment d'être décapsulées. Le soleil se faufilait au travers de ses branches qui se découpaient dans le ciel d'un bleu pur. Elles opinaient discrètement sous une légère brise. Chaton accourut en miaulant. Il se sentait oublié et savait le faire savoir. Il se frotta sur les jambes de pépé Charles qui se pencha pour le ramasser et le serrer très fort sous son menton. Il lui parlait à l'oreille et Chaton lui répondait par de petits miaulements de plaisir.

- Aujourd'hui c'est pique-nique ! cria Simon.

Berthe qui revenait de sa cuisine avec Iéléna, ployant sous le poids d'un plateau débordant de victuailles, sursauta.

- Tu m'as fait peur petit... euh Simon. J'aurais pu tout lâcher !

Simon avait été cueillir un bouquet de fleurs et se tenait caché derrière Gustave. En le tendant à Berthe, les yeux brillants habités d'un sourire malicieux, il lui fit sa demande sur un ton solennel :

- Berthe voulez-vous accepter mon invitation de venir passer quelques jours chez nous en attendant que les deux-là ...

Il ne put finir sa phrase qu'il avait pourtant bien préparée. Il rougit en voyant grand-père et Aurélien venir à leur rencontre. Chaton sauta sur Simon, décapitant d'un coup de griffes le minuscule bouquet composé de quelques marguerites sauvages. Dans tout ce remue-ménage, Chaton était dans un état grave de manque affectif et le prônait, sans ménager sa peine. Ahuri, Simon observa tour à tour les deux hommes, puis les quelques tiges vertes restées dans son poing fermé. Où en étaient-ils se demandait l'impétueux Simon ? De toute façon, peu importait, ils allaient rentrer chez eux avec ou sans eux ! Il devait revoir Léa et retrouver son insouciance de petit garçon. On lui avait bien dit que c'était une histoire de grandes personnes. Pour une fois ça l'arrangeait bien.

VI – La sphère

Ils déjeunèrent dans une ambiance feutrée. Pépé Charles et Aurélien s'observaient en silence. Tout ce qu'ils s'étaient dit en quelques jours pour résumer des années de silence et de souffrance les enfermait dans une sphère en pleine rotation. Pas d'air dans la sphère. Si celle-ci se projetait dans un retour en arrière, ils suffoquaient douloureusement. Puis dans l'autre sens, c'était plutôt comme si elle les baignait dans une eau chaude sulfureuse, comme si toutes les pustules, les plaies du passé avaient besoin de dégorger pour faire peau nette. Dans un spasme euphorisant.

La dure réalité peu à peu répondait à leurs questionnements pour aboutir à la vérité sordide. Les mots claquaient en eux comme si un piston à chaque pression éjectait le temps passé en allégeant leur costume de plomb. Charles se demandait comment Giulia en était arrivée là. On ne fait pas autant de mal sans avoir mal aussi et il n'avait rien remarqué. Quelle était sa part de faute ?

Tout à son bonheur avec Noëlle et ses enfants, puis à son malheur, il n'avait pensé qu'à lui. Giulia avait dû se sentir rejetée et s'enfermant dans sa peine, l'avait transformée en rancœur et haine. Charles se reprochait de ne pas avoir exigé de rencontrer son fils. De lui parler en toute franchise.

À deux ils auraient bravé le village entier. En vérité, il craignait LA vérité qui s'avéra être une aberration. Comment un jeune garçon pouvait-il tuer un adulte même ivrogne ? Une voix, tout au fond de lui, répondait que tout était possible et la voie qu'il avait privilégiée était celle du doute, de la fuite en avant et du silence. Coupable et responsable ! Voilà ce que sa conscience lui murmurait. Charles en était ébranlé.

Quant à Aurélien, reprendre le chemin de LA maison l'apaisait. Même si SA maison, aujourd'hui, était celle de sa femme, de son fils et de sa future fille. LA demeure où il était né, où il avait connu ses premières joies, où il avait mené une vie heureuse même si cela avait été de courte durée, était aussi importante à ses yeux. La maison de son enfance, qu'il n'avait jamais pu oublier et qu'il retrouvait, intacte, fidèle à sa mémoire, était là comme un havre de paix qu'il n'avait jamais pu trouver ailleurs. Il avait haï son père, parce que petit garçon il n'avait pas compris. Il l'avait fui, croyant qu'en partant il oublierait plus facilement. Bien au contraire, il avait vécu avec ses souvenirs comme si une seconde peau l'avait enveloppé. Une peau sur laquelle il collait des rustines, comme sur la chambre à air d'un pneu éclaté. Il se dégonflait, se regonflait, se rafistolait, se recollait. Il « rustinait » mais n'oubliait pas. Comment peut-on oublier une maman aussi aimante et disparue sans lui laisser, à lui Aurélien, la possibilité de l'aimer pour deux ? Elle avait préféré rejoindre sa fille sans penser à lui, qu'elle rendait orphelin, sans prendre le temps de lui parler, de lui dire qu'elle se sentait responsable. Aurélien l'aurait protégée, aurait su trouver les mots qui apaisent. Des années durant il s'était dit qu'elle ne l'aimait pas ou tout du moins, pas autant que Simone sa sœur puisqu'elle avait fait l'autre choix, celui d'aller la retrouver. Elle ne l'avait pas choisi lui. Après son départ programmé dans un moment d'extrême désespoir, elle était venue régulièrement lui rendre visite dans son sommeil. Elle lui demandait pardon, l'assurait qu'elle l'aimait mais son malheur l'avait rendue folle. Elle lui disait « comprends-moi, c'était trop dur ». Aurélien se réveillait les larmes aux yeux et les bras tendus. Chaque fois qu'il voulait la prendre dans ses bras pour la consoler, elle s'évaporait dans une fumée transparente. Ces rêves déstabilisants prirent fin du jour où sa femme lui annonça la future naissance de leur fille. Il décida de lui attribuer le prénom de sa mère Noëlle, à quelque chose près. NOËLLA. Il savait que Simon commençait à en être jaloux mais il serait attentif. L'histoire ne devait pas se reproduire une fois de plus. Il ne voulut pas en parler avec son père parce qu'au fond, lui aussi avait été abandonné. Il était tout aussi orphelin que lui et en plus il avait perdu d'un coup toute sa famille.

Il aimerait lui demander s'il avait éprouvé ce même sentiment d'abandon mais après tout étaient-ce ses affaires ? À chacun sa part de douleur.

VII – Le calme après la tempête

Aurélien, avec femme et enfant, repartit vers ses obligations professionnelles, non sans promettre à « Pa » de revenir au plus vite. Ils n'avaient pas encore tout mis à plat, vidé les placards et libéré les étagères des événements troublants qu'ils avaient vécus. Tout ce qui les avait encombrés des années durant semblait à présent se résorber par l'évacuation du mal, tels des vases communicants pour aller vers une régénération du bien. Avec leurs sentiments exacerbés.

Charles et Berthe retrouvèrent le calme. Ils étaient un peu abasourdis, fatigués par toute cette agitation. Ils n'avaient ni l'âge, ni l'habitude d'un tel charivari. Assis sur leur banc plus que jamais accueillant, Gustave attentif dans leur dos et Chaton sur les genoux de Charles, ils buvaient tranquillement leur café, appréciant avec soulagement leur première matinée de sérénité.

- Dis Berthe, que penses-tu de tout ça ?

- Ce que j'en pense, mais que du bien ! Quoique...

Sa voix resta en suspens, ses yeux levés au ciel, sa main sur une joue, hochant la tête, elle semblait réfléchir. Charles s'impatienta :

- Quoique… dis-moi !

- J'ai réfléchi ces quelques jours, j'avais donné mon lit à Iéléna et Simon, ratatinée sur ma banquette je dormais mal. J'ai repensé à notre vie, tous les deux, tranquilles et heureux finalement. J'ai réalisé que nous avons vécu tellement plus longtemps ensemble que du temps de ton union avec Noëlle, que monsieur le maire ou pas, nous étions mari et femme ou, aujourd'hui on dit comment déjà ? Pacsés. Pas terrible ce mot. Comme si on nous mettait dans un paquetage pour aller à la guerre. C'est un peu ça les couples qui vieillissent non ? Pacsés ! « baguesés » tant qu'à faire, comme les pigeons qu'on bague pour les statistiques. On vit une drôle de société tu ne trouves pas ? Hein ? Mais dis quelque chose à la fin !

- Tu ne m'en laisses même pas le temps ! Respire un peu entre deux phrases pour que je puisse réagir. Tu parles, tu parles et j'essaye de suivre. Et si je comprends bien, tu ne veux plus de moi pour époux, ni de monsieur le maire, ni de bague au doigt. C'est bizarre, j'ai fait un rêve l'autre jour, souviens-toi je t'avais taquiné justement avec monsieur le maire …

- Allons bon, monsieur rêve et du maire en plus, donc ?

- Tu es une véritable pipelette, mais tu ne m'empêcheras pas de te raconter mon rêve. Ne dis plus un mot jusqu'à ce que je t'en donne l'autorisation.

- Ça va être dur, allez je suis tout ouïe.

- Dans mon rêve, tu m'es apparue toute jeune et très jolie (Berthe fit une moue, le regard de Charles lui fit ravaler une éventuelle répartie). Tu étais jolie toute jeune, ça c'est vrai (Berthe rougit telle une gamine) et dans mon rêve, tu portais une belle robe blanche avec une longue traîne et un petit bouquet de fleurs roses à la main. J'y ai repensé l'autre jour, lorsque j'ai vu Simon t'offrir son petit bouquet qui entre nous ressemblait plus à un bouquet garni, juste avant que Chaton ne le lui arrache, par jalousie je crois...

- Va au fait, sinon on y sera jusqu'à demain, s'agaçait Berthe.

De toute évidence, Charles édulcorait un peu le récit de son rêve, emberlificoté qu'il était par un sentiment nouveau prenant le dessus sur l'ancien, de pacotille, celui de l'amitié qui se transforme à toute petite dose et en toute conscience en un métal plus précieux ...

- Donc si tu permets, je me suis interrogé, qu'est-ce que ça me rappelle ce petit bouquet de fleurs ? Puis ce que je ne t'ai pas encore dit (Berthe s'impatientait, où voulait-il en venir ?) ta traîne était faite de casseroles, tu sais comme on en voit, accrochées sur les pare-chocs des voitures le jour du mariage. Est-ce finalement une interprétation de tout ce que tu viens de me dire ? On a « trainé » nos casseroles tout au long de notre vie plus longue qu'avec celle de Noëlle ? Donc dans mon rêve, juste au moment de défaire ta batterie de casseroles, tu es venue me réveiller. Bizarre non ?

- Bizarre, je ne pense pas. Moi j'interprèterais ton rêve de façon plus logique ...

- Ça bien sûr ! La logique féminine, tu me l'as déjà faite celle-là, donc ?

- Et c'est moi la pipelette ? Écoute sérieusement pour une fois. Si je te suis apparue jeune et jolie dans ton rêve c'est parce que l'on se connait depuis toujours. Tu es bien d'accord ? Si j'avais un bouquet de fleurs à la main, c'est parce que j'adore les fleurs et si ton jardin est fleuri, c'est grâce à moi non ? Parce que Noëlle c'était plutôt autre chose, elle préférait les peindre, les mains dans la peinture, pas dans la terre. La terre, notre terre... Ne te fâche pas, je continue. Quant à ma traîne de casseroles, c'est tous les repas que je t'ai mijotés, les ratatouilles, les petits farcis, la bouillabaisse et tiens mon omelette aux légumes, « la pochette surprise » comme tu l'appelles, et j'en passe. Je ne te parle même pas des gâteaux d'anniversaire, de la bûche de noël et de la brioche des rois que tu préfères à la galette, trop grasse dis-tu. Tu sais bien que nous avons vécu comme mari et femme, mieux que si nous l'étions vraiment. Avoue tout de même que le village entier nous enviait et que toi tu appréciais les regards en coulisse, les réflexions parfois envieuses. Tu n'as jamais entendu, la Jeanne, la commère, crier à qui voulait bien l'entendre que le veuf, débarrassé de femme et enfant, profitait de la pauvre gourde de Berthe ? Une fois, n'y tenant plus, je lui ai envoyé une claque qu'elle a cherché à me rendre. On s'est crêpé le chignon en plein marché et j'ai prévenu à la ronde que le prochain qui redirait des horreurs pareilles sur Charles se retrouverait à l'hôpital.

- Tu as fait ça toi ? Mais non ! Je n'en ai rien su.

- Il n'y a pas pire sourd ou aveugle que celui qui ne veut ni entendre ni voir. Tiens ta sœur Giulia, elle aussi s'en est mêlée. Un jour chez le poissonnier, elle m'a dit qu'elle ne me laisserait pas te mettre le grappin dessus. Tu avais déjà assez souffert avec *l'autre*. Je lui ai répondu que c'était plutôt toi qui venais me chercher parce que tu avais besoin de moi et que si cela ne lui plaisait pas, tant pis pour elle. Qu'elle vienne te le dire en direct. Elle avait l'air de s'ennuyer à dépérir avec son mari coureur de jupons. Tu sais bien qu'un couple finit par s'enliser dans ses habitudes, mais nous jamais, car nous avions les beaux moments du couple mais pas les obligations de la vie quotidienne. Pas de concessions, pas de justifications et c'est cela qui a fait le terreau de notre amitié … amoureuse. On a su préserver une certaine indépendance. Alors si tu veux tu m'épouses, si tu veux pas on continue comme avant. Aucun de nous deux n'a cherché à asservir l'autre. Je ne veux pas te perdre, ni t'obliger en rien. Juste être ton amie de cœur. Le cœur, n'est-ce pas l'essentiel ? Tu as été et seras mon unique amour. Ma sœur me l'avait prédit et elle ne s'était pas trompée. Certaines prédictions peuvent armer la main du diable.

Charles n'en revenait pas. Pour la première fois, Berthe lui disait en toute simplicité « je t'aime et je veux te garder avec ou sans bague au doigt ». Recevoir une telle déclaration d'amour à son âge le lifta, telle une vieille façade qui retrouvait ses couleurs après un ravalement. Il passa son bras autour des épaules de Berthe, se tourna vers Gustave et pressant Chaton contre lui, murmura tout bas « je t'épouse ». Mon fils sera mon témoin et ta sœur la tienne, je te le promets. Il déposa pudiquement un baiser sur ses lèvres, les effleurant à peine. Berthe lui murmura à l'oreille encore plus bas :

- Je te préviens, je continuerai à râler.

- Surtout ne change rien, je m'ennuierai.

- Et Simon ? Et les autres ? s'enquit Berthe un brin étourdie.

- Ne t'inquiète pas, Aurélien est déjà au courant. Enfin pour ta sœur. Mais pour nous aussi, Bête va ! Il va nous aider à retrouver ta famille. C'est sa façon à lui de te remercier de ce que tu as fait pour moi depuis toujours. Il a un ami qui travaille aux affaires étrangères. Si ta famille s'est expatriée, on le saura très rapidement, sinon ce même ami fouillera en France. Avec les fichiers informatiques et les recoupements avec les fichiers européens et même internationaux, ça ira assez vite. Allez laisse faire Aurélien. Il voudrait que tout soit rentré dans l'ordre avant la naissance de la petite. Dans un peu moins d'un mois c'est l'anniversaire de Simon, nous en profiterons pour faire le point. Ça ne te fera pas trop long à attendre. Dès demain nous irons chercher les papiers pour le mariage.

- Mais Charles pourquoi cette précipitation ? Attends un peu… Tu m'inquiètes là !

- Attendre quoi ? Que je change d'avis ? Ne compte pas là-dessus ! Je veux absolument que tu sois la grand-mère de ma petite-fille. Un point c'est tout. Ce n'est pas toi qui dis qu'on n'a plus de temps à perdre ? Tu l'imagines t'appelant mamie, ça te ferait tout drôle hein ?

Berthe, les yeux papillonnant d'émotion, reniflant discrètement, tourna le dos à l'homme de sa vie, à son unique amour, et à ses belles promesses d'avenir. Y a-t-il un âge pour prendre un aller simple pour le bonheur ? Surtout quand il a mis tout ce temps pour forcer la résistance de Charles ! Elle alla chercher sa liqueur de citron, servit un verre à Charles, un pour elle et proposa de trinquer. Cette fois Charles s'abstint de grimacer, il fit mine d'apprécier. Gentleman !

Soudain Chaton se redressa sur ses pattes, fit le gros dos et grogna, narines retroussées et dents en avant. Il sauta des genoux de Charles pour courser le pauvre chien de l'ivrogne, Pépère, sûrement à la recherche de Simon. Effrayé, Pépère déguerpit comme un lièvre. Chaton revint se blottir chez Charles content de lui. Il miaula, se lécha les babines et s'endormit, heureux comme un bébé !

- Incroyable qu'un chien soit aussi trouillard, qu'en penses-tu Berthe ?

- Faut dire que Chaton n'est pas commode, comme son maître !

Tous deux éclatèrent de rire. Leur émotion s'était dissipée et leurs taquineries reprirent du poil de la bête, mais sûrement plus jamais à rebrousse-poil. Ils gravissaient enfin le chemin de leur saison amoureuse.

Simon retrouva son amie Léa. La petite curieuse voulut tout savoir. Au début, craignant les réprimandes de Simon, elle y alla sur la pointe des pieds, posant des questions sans en avoir l'air. La maligne. Elle fut fort aise de savoir qu'il lui était reconnaissant d'avoir alerté sa maman. Elle lui répétait à tout bout de champ, *« alors je t'ai sauvé la vie, tu te rends compte »* ? Simon répondait invariablement *« Faut pas exagérer tout de même, j'ai réussi à prendre la fuite alors que l'ivrogne me menaçait de son couteau »*. Léa en tremblait à chaque fois en poussant un cri, une main devant la bouche et les yeux écarquillés. Ce petit jeu dura un certain temps, jusqu'au jour où Simon, dans un élan intimidé, lui plaqua une main sur ses yeux. Profitant de la surprise, il l'embrassa sur la joue et lui affirma pour lui faire plaisir : *« Grâce à toi, maman et papa sont venus me chercher et on s'est retrouvés tous réunis ». J'ai réussi mon coup. Enfin pas tout à fait, parce que Madame Berthe, euh... Berthe veut épouser grand-père.*

- Ah ils n'étaient pas déjà mariés ? Pour quoi faire alors ? Et nous on se marie quand ?

Simon resta bouche bée. Quelle question saugrenue ! Il s'en sortit par une pirouette. Tenait-il de son grand-père cette manie de noyer le poisson avec des réponses informelles ou taquines ? À n'en pas douter.

- Tu prends qui comme témoin, ta poupée ? Parce que Berthe veut sa sœur pour témoin. Tu sais, il paraît que c'est une histoire très compliquée de grandes personnes, comme si j'étais trop jeune pour tout comprendre. J'ai entendu parler du Canada ou du Brésil... Il paraît qu'avant, ils allaient tous là-bas chercher du boulot. Mais je vais leur montrer que je m'appelle Simon et que je ne me laisserai pas faire.

- Mais tu es jaloux ma parole ?

- Je voudrais t'y voir toi. Avant on ne parlait que de ma sœur à naître, maintenant du mariage de Grand-père et de Berthe. Et moi, on parle quand de moi ? Mon anniversaire est dans un mois et personne ne s'en préoccupe.

- Promets-moi que si tu décides de fuguer une autre fois, je viens avec toi.

- Mais je n'ai pas fugué, j'en ai marre à la fin. Je suis allé voir mon grand-père et je n'en ai même pas profité. La prochaine fois oui je fuguerai pour de bon. Marre, marre !

Ils restèrent un moment à bouder, chacun dans son coin, puis Simon eut envie de reprendre le dialogue :

- Au fait je ne t'ai pas dit, Bernadette est invitée à mon anniversaire. Elle est belle tu sais, elle a déjà un mari, mais elle n'a pas d'enfant !

- On s'en fout qu'elle n'a pas d'enfant ou qu'elle a un mari, nous on est ensemble, comme les amoureux de Perret.

- Les amoureux de « PEY-NET » hurla-t-il en détachant bien les deux syllabes. C'est papa qui dit toujours à maman qu'ils sont des amoureux de Peynet. Il lui a même offert un petit cœur avec les amoureux dessus comme bague de fiançailles.

- Quand on sera fiancés tu m'offriras la même ?

- Mais tu es folle ma parole. Je n'ai pas du tout l'intention de me fiancer avec toi. Je t'aime bien mais pour jouer.

Léa s'enfuit en criant qu'elle ne lui adresserait plus jamais la parole et que la prochaine fois elle le laisserait dans ses ennuis. Elle s'enferma plusieurs jours d'affilée sans répondre aux appels de Simon. Elle s'était murée dans un silence provocateur. Elle mangeait du bout des lèvres. Au début ses parents s'en amusèrent. Elle fut l'objet de gentilles moqueries du genre « tu vas maigrir et tu ne seras plus aussi jolie » « tous les garçons sont amoureux de toi sauf Simon », « Allez il t'appelle, cours lui faire la bise », « Simon va fondre au soleil si tu le laisses dehors », « s'il continue à brailler comme ça on va être obligé d'appeler la police ». Léa haussait les épaules et s'enfermait dans sa chambre, boudeuse. Elle ruminait sa vengeance. Un petit bout de chou qui rumine sa vengeance, il en sort quoi ? Pour cette fois pas grand-chose.

Un matin, le naturel revint au galop et surtout Léa, le boute-en-train, commença à s'ennuyer. Elle se pencha à la fenêtre pour dire à Simon d'arrêter de l'embêter à crier comme ça. Elle n'avait pas envie de jouer, c'est tout. Simon comprit le message et lui proposa d'aller au parc pour lui raconter les derniers événements. Là, la curiosité supplanta l'ego de la belle, elle claqua la vitre, sortit en courant et lança à sa mère qui étendait son linge dans le jardin, « *je vais jouer, à tout à l'heure* ».

Dans sa surprise, sa maman se retrouva un bras en l'air tel un porte-drapeau, une serviette pendouillant au bout des doigts en fanion contestataire. Soulagée tout de même, elle eut un sourire aux lèvres en la regardant partir accompagnée de Simon. On ne savait jamais quelle lubie pouvait passer dans l'esprit de ces enfants remuants. Simon était un nouveau petit voisin, affectueux et gentil. Surtout cette histoire de fugue pour aller rejoindre son grand-père l'avait émue. Tant qu'il y a du sentiment, il y a un bon fond.

VIII – Cahin-caha

Aurélien était distrait au travail comme à la maison. Le temps ne passait pas suffisamment vite à son goût. Il n'en avait pas fini avec « Pa ». Il voulait savoir ce qu'était devenue sa tante Giulia. Les investigations entreprises pour retrouver la famille de Berthe s'avéraient plus complexes que prévu. Ils s'étaient promis de se revoir très rapidement mais il ne pouvait affronter Berthe sans la concrétisation positive des recherches effectuées par son collègue. Simon se montrait agressif sans qu'il sache trop pourquoi. Iéléna cachait par des petits sourires crispés sa fatigue certainement due à la peur que lui avait causée Simon. Tout allait cahin-caha.

Il se sentait un peu dépassé et se demandait comment il allait régler tous ces problèmes. Il eut subitement envie d'organiser une partie de pêche avec « Pa» sur les bords du Lac de Saint Cassien. C'est plus qu'un lac, c'est un parc de loisirs aquatiques. Il savait que « Pa » n'avait pas quitté sa maison et son village depuis très longtemps. Allait-il accepter sa proposition ? Et si Simon se joignait à eux avec Léa, sa petite camarade ? Il l'avait délaissé ces temps derniers et il devait sûrement en souffrir. Ce serait génial se dit-il, enfin tous ensemble. Berthe resterait à bavarder avec Iéléna à l'ombre d'un parasol et entre hommes ils taquineraient le goujon dans un esprit de compétition. Ils allaient voir ce qu'ils allaient voir. Surtout « Pa ». Petit, Aurélien n'aimait pas la pêche mais depuis il s'était rattrapé.

Les carpes n'avaient qu'à bien se tenir ! À cette évocation, il avait les larmes aux yeux et son cœur palpitait. Simon, tout comme lui petit, n'aimait pas la pêche. Il avait la bougeotte et rester assis des heures entières, n'était pas son fort. Accompagné de l'impulsive Léa, il ferait du pédalo ou de l'aviron. Les enfants trouvent toujours de quoi s'occuper. Aurélien pour la première fois sentit les griffes de l'angoisse qui l'avaient agrippé toutes ces années, se desserrer. Un vent de libération le prenait tout entier et le poussait à une subite euphorie. Enfin libre de vivre sans arrière-pensées, sans remords et sans culpabilité.

Il en était là de ses réflexions, lorsque des cris de Simon le firent sursauter :

- Papa, viens vite maman pleure et elle a très mal, c'est le bébé.

Aurélien blêmit. Non, le sort n'allait pas encore s'acharner sur lui et sa famille ! Que se passait-il ? Le bébé était prévu dans deux mois. Non, cela devait être la fatigue ou la peur causée par la fugue de Simon. La grossesse s'était jusque-là passée sans problème. Il chassa résolument son trouble et appela les urgences. Iéléna fut transportée à l'hôpital, toutes sirènes hurlantes, et Simon confié aux voisins les plus proches, les parents de Léa, en toute hâte.

Simon était catastrophé. Il avait entendu son père rassurer sa maman « ce n'est rien, tu as eu peur à cause de la fugue de Simon, tout va s'arranger avec un peu de repos ». Sa mère souffrait et grimaçait. À cause de lui ! Léa essayait de le consoler

- Mais non, ça arrive que des bébés soient pressés d'arriver. Et d'abord les filles c'est toujours comme ça. Les garçons sont paresseux et ils se font attendre mais pas les filles. C'est mon grand-père qui me dit toujours ça.

Puis elle lui proposa d'aller voir son grand-père à la maison de retraite, à quelques pâtés de maisons plus loin.

- Tu sais mon grand-père rigole tout le temps. Il dit que c'est bon pour le cœur mais pas pour les rides et que c'est pour ça qu'il est tout ridé, pas parce qu'il est vieux. Ses rides sont des rides de soleil. Il me raconte des histoires qui se passent entre les vieux là-bas. Des fois ils se font des crasses pires que des enfants, mais des fois il y en a qui tombent amoureux. Et même ils se marient et ils font une petite fête. Une fois j'étais là-bas et ils ont tous eu les dentiers collés avec le caramel mou de la pièce montée. Tu aurais dû voir ça. Nous on ne se mariera pas vieux, hein ?

Simon n'écoutait que d'une oreille le babillage de Léa. Le son de sa voix lui parvenait comme le jacassement d'une pie. Elle pépiait en cascades. Ses yeux s'ouvraient et se fermaient et sa bouche riait et ses mains gesticulaient comme si elles voulaient chasser des mouches imaginaires. Ses phrases, ses mots étaient projetés comme de la peinture sur une toile. D'un jet, d'un sourire, d'un cri, d'un mouvement. Tout son charme tenait en un adjectif : volubile. Mais hélas, Simon n'avait pas le cœur à rire. Il pensait à sa mère. Il réalisa soudain que son grand-père ignorait tout.

- Léa, il faut que je téléphone à grand-père. Il est où le téléphone ?

- Mes parents le cachent. Où ? Forcément j'en sais rien ! Tu parles. Moi je m'en fous du téléphone mais mon frère, il appelait tout le temps sa copine et un jour la note était éééééénoooorme qu'a dit maman. Alors depuis punition collective ! Il faut attendre que maman rentre. Elle accepte uniquement si c'est motivé. Ça ne me dérange pas du tout, je m'en fous du téléphone. J'ai pas de copines, elles sont bêtes et une m'a dit l'autre jour qu'elle était ton amoureuse mais je sais que ce n'est pas vrai, je t'ai jamais vu avec. C'était pour me faire enrager. T'inquiète, maman ne va pas tarder. Célia c'est pas ton amoureuse, revint-elle insidieuse, à la charge ?

- Célia ? je sais même pas qui c'est ! Moi les filles ... Il faut que j'appelle tout de suite grand-père. Je ne veux pas attendre. On va chercher le téléphone.

- Même si on le trouve, ça ne sert à rien, il est bloqué.

- Attends, j'ai une autre idée, Bernadette pourrait m'aider. Elle a donné son numéro de téléphone à maman pour qu'on l'invite à mon anniversaire. Il y a un post it collé sur le tableau noir des courses à faire, pour qu'on n'oublie pas, dans la cuisine.

- Mais comment tu vas faire pour rentrer chez toi, rétorqua la pragmatique Léa ? Tu n'as pas les clés !

- Par le soupirail que maman laisse ouvert pour Minou. Il entre et il sort à sa guise mais si tu savais les bêtises qu'il fait et papa crie quand il revient à la maison car ça empeste. Il dit toujours « qu'il va le noyer ou l'attacher à un arbre jusqu'à ce que mort s'ensuive » mais bien sûr il ne le fera pas. C'est pour qu'on nettoie le sous-sol. C'est notre chouchou à tous. Bon on y va ?

- On y va, on y va !

Léa était déterminée à ne pas laisser passer sa chance cette fois de participer aux turpitudes de Simon.

Arrivés devant le soupirail, ils s'arrêtèrent un moment, interdits et circonspects. Un chat pouvait se glisser dans la fente aussi facilement qu'une enveloppe dans une boite aux lettres, mais un enfant, c'était une autre paire de manches. En plus Simon était un gaillard assez costaud. Aucune chance pensa-t-il ! Léa devina tout de suite l'hésitation de son petit camarade. Elle pouvait essayer. Elle était fluette, assez petite pour son âge et comme elle faisait de la danse, elle était très souple. Sans prévenir Simon, elle se précipita et avança sa tête dans l'ouverture pour évaluer ses chances. Simon cria et la retint par la taille. Léa se débattit :

- Laisse-moi, je passe facilement.

- Tu es folle, il y a au moins deux mètres de hauteur, tu vas te casser une jambe.

- Et toi, c'est la même chose et pourtant tu voulais sauter ? Tu oublies que je fais de la gym pour ma danse ? T'inquiète pas, lâche-moi.

Léa réussit d'un coup de rein sec à se dégager de Simon et rampa sur le rebord de l'ouverture, aidée de ses bras. Les murs étant très épais, elle avança de la moitié de son corps et se retrouva les fesses bloquées. Elle eut le sentiment que le soupirail n'était plus qu'une mâchoire qui serrait les dents sur son corps. Elle rentra son petit ventre et cria à Simon « pousse-moi un peu ». Simon ne mesura pas sa force et la poussa un « peu beaucoup ». Elle atterrit sur la dure dalle de béton, complètement estourbie. Elle ne bougeait plus, ne disait rien, ne répondait pas aux appels désespérés du garçon.

Il courut sur la route. Si Bernadette pouvait passer par là ou quelqu'un comme elle. Personne en vue.

Dans ces petits villages il n'y avait jamais d'embouteillage. Seul un camion de livraison ou quelques voitures de commerciaux pourraient le sortir d'affaire. Pas de camion de livraison encore moins de commerciaux. Personne en vue. Pas de miracle en vue non plus. Il lui fallait secourir Léa sans attendre. Le boulanger ! Il courut à toutes jambes, trébuchant sur des pavés inégaux, faillit tomber maintes fois mais se rattrapait de justesse en retrouvant son équilibre. Jamais la boulangerie ne lui parut aussi éloignée. Dans sa panique, il crut même l'avoir dépassée. Mais où était-elle donc ? Il regardait dans tous les sens. Ses oreilles prenaient une couleur cramoisie, ses joues s'empourpraient, ses yeux s'étaient mouillés sans qu'il s'en aperçoive. Un peu de salive coulait des commissures de ses lèvres, même ses narines fuyaient abondamment. Qu'importe, vite du secours ! Essoufflé, les jambes en guimauve et la voix rauque comme si elle était passée dans une lessiveuse, il hurla en passant la porte de la boulangerie « Léa, Léa, elle est tombée dans le vide par le soupirail ». Simon s'évanouit avant même d'expliquer ce qui s'était passé.

Le boulanger, confiant le petit à sa femme, bondit sur sa camionnette. Ici, tout le monde connaissait tout le monde mais ces nouveaux voisins, pas vraiment. La mère n'était pas trop causante et le père jamais là. Le petit oui, il venait régulièrement acheter du pain et des bonbons mais sans plus. Il savait pertinemment où ils habitaient car ils avaient remplacé des anciens, partis habiter chez leurs enfants pour la retraite mais c'était tout. Cependant ce gamin qui leur tombait dessus dans un état pareil, cela devait être sérieux. Il appuya davantage sur l'accélérateur.

Léa revint peu à peu à elle. Elle ne se souvenait plus de rien. Elle voulut se relever mais poussa un cri de douleur. L'effort et la violence de la souffrance lui firent perdre connaissance à nouveau. Si bien que lorsque le boulanger arriva sur les lieux, il ne remarqua rien d'anormal. Aucun désordre. Il avait beau appeler Léa, il ne reçut aucune réponse. Bizarre se dit-il. Le gamin avait parlé d'un soupirail, où se trouvait-il ?

Le brave homme semblait perplexe. Ses recherches n'avaient rien donné. Il regretta aussitôt de ne pas avoir pris son portable. Ainsi, il aurait pu appeler sa femme qui avait sûrement dû interroger le gamin. Tout agité qu'il était, il se tapa sur les cuisses, dans un geste d'impuissance, lorsque son poignet cogna une masse dure dans sa poche. Il bondit de joie. Son portable ! Comment était-il arrivé là ? Il ne saurait le dire ? Un coup de sa femme, la prévoyante comme il aimait souvent l'appeler. Thérèse anticipait tout, prévoyait tout, ne se laissait jamais surprendre. Elle tenait la boutique comme personne et tout le village l'appréciait. Ah sacrée Thérèse, ma bonne « mère Térésa » !

Soudain, le sortant de ses pensées émues, une voiture grise arriva, son gyrophare allumé. C'était l'urgentiste que Thérèse avait alerté, ayant appris l'accident par Simon. Thérèse avait pensé également à alerter un serrurier qui se pointa avec sa lourde caisse à outils presque en même temps. La serrure sauta allègrement sous les crochets du magicien et tout le monde se rua au sous-sol. Léa gémissait inconsciente. L'urgentiste appela une ambulance et commença ses premiers soins en la ranimant et en lui parlant pour qu'elle reste éveillée :

- Ne bouge pas ma jolie. On ne sait jamais. Mais apparemment il y a plus de peur que de mal. Ton pouls est normal et tu seras quitte pour quelques plâtres ici ou là. C'est surtout ta jambe qui semble amochée. On va te faire passer des radios mais à ton âge ça se répare très vite. Ben ma cocotte, t'as pas eu peur de sauter ! Incroyable les mômes, les bêtises vous ne les ratez jamais.

- Moi je n'ai pas voulu avoir d'enfants, intervint le serrurier. Quand je te vois là je me dis que j'ai bien eu raison. Non, en vérité Bernadette ma femme ne peut pas avoir de bébés, dit-il en soupirant. Et comme elle adore les enfants, elle s'occupe de ceux des autres.

Léa esquissa un faible sourire. Elle ne manqua pas l'occasion de faire, comme à l'accoutumée, son intéressante :

- Je la connais articula-t-elle non sans mal. Enfin c'est Simon qui la connaît. C'est son amie et elle va venir à son anniversaire.

Le serrurier rit aux éclats. Il avait eu vent de l'histoire du kidnapping et depuis à la maison il n'était plus question que de Simon. Bernadette n'en croirait pas ses oreilles quand il allait lui raconter sa rencontre.

Une voix féminine appela « Simon, Léa, où êtes-vous » ? Léa ferma les yeux. Elle allait encore se faire gronder et être punie. Mais bon de toute façon elle devait rester sans bouger, alors tant pis.

- C'est ma maman, elle me cherche.

- Attends je vais aller la rassurer. Ne bouge surtout pas !

Il revint quelques minutes plus tard, devancé par la maman de Léa qui prit la main de sa petite fille et l'embrassa contrite :

- Je n'aurais jamais dû vous laisser seuls et en même temps je n'ai pas été bien loin, ni absente longtemps. Tu es terrible ma fille, il faut te surveiller comme le lait sur le feu. Mais ! Et Rémi, ton grand frère, il t'a laissée sortir ?

Léa rougit et ne sut que répondre. Chaque fois que sa mère s'absentait, lui confiant Léa, Rémi partait rejoindre sa copine, la laissant seule. Il lui faisait promettre de ne rien dire faute de représailles sévères. Et chaque fois ses menaces étaient accompagnées d'une bise. Léa ne disait rien, elle aussi allait voir Simon, son amoureux, ou le recevait à la maison en cachette.

Léa n'était pas une cafteuse et elle allait le prouver, en rougissant tout de même :

- Je suis sortie en cachette de Rémi, pendant qu'il travaillait dans sa chambre.

Sa maman n'était pas dupe et fut encore plus fière de sa benjamine.

Le village fut, pour la deuxième fois de la journée, secoué par les sirènes de l'ambulance qui emportait Léa, laissant Simon en pleine confusion. Il réalisa qu'il n'avait pas su protéger sa Léa et qu'il l'aimait de tout son cœur. Il demanda d'appeler son grand-père. Pour le coup, c'était plus que motivé aurait plaidé Léa. Il avait davantage besoin de se confier au vieil homme. Ironie de l'histoire, chacune de ses bêtises se concrétisait par un rapprochement avec son grand-père. Il lui raconta pour sa maman mais pour Léa, il le ferait sur place. Pas deux bêtises à la fois ! Il allait demander à son père de le conduire auprès de lui.

IX – Le sermon

En rentrant de l'hôpital où il avait laissé Iéléna en bonne santé ainsi que le bébé, Aurélien fut consterné et profondément désolé d'apprendre les agissements des deux enfants avec une issue qui aurait pu être plus tragique. Il conduisit séance tenante Simon chez « Pa ». C'était la meilleure solution, seuls « Pa » et Berthe pourraient le calmer.

- Papa, maman et le bébé c'est à cause de moi ? Il va mourir le bébé à cause de moi ?

Aurélien s'attendrit devant la détresse et la peine sincère de Simon. Tout au long du chemin il le sermonna d'une voix dénuée de ressentiments :

- Jamais deux sans trois, la troisième fois on te récupère comment ? Quand vas-tu arrêter de n'en faire qu'à ta tête ? Il faut laisser le temps agir et faire ses preuves. Lorsque j'avais ton âge, moi aussi je pensais qu'en faisant des bêtises, on allait s'intéresser davantage à moi et c'était totalement faux ! Regarde le temps qu'on a perdu ! Comprends une fois pour toutes que même si tes parents te semblent s'éloigner, c'est parce qu'ils ont des soucis ou qu'ils sont occupés. Ta maman t'a porté neuf mois dans son ventre, t'a aidé pour tes premiers pas, pour tes premières dents, pour ton éveil, comme elle le fera pour ta petite sœur mais est-ce une raison pour penser qu'elle ne t'aimera plus ? Ta maman t'aime plus que tout au monde, n'en doute jamais ! Lorsque tu es inquiet, viens plutôt me dire tout ce qui ne va pas. Les explications préservent de tant de malentendus. Je suis fier de toi, de ton intelligence, de ta précocité mais tu ne peux plus continuer comme ça. Maman va bien, elle va avoir besoin de repos et donc avoir besoin de toi, tu dois la protéger comme plus tard tu protègeras ta petite sœur. Les ainés sont investis d'une mission protectrice, ils ont une responsabilité en montrant l'exemple et tu dois en être conscient et surtout en être fier. Et cette fierté te rendra digne d'être un homme. J'aimerais tellement qu'on soit une vraie famille. Simon promets-moi de t'assagir et de nous faire confiance, à grand-père, maman et moi. Et bientôt Berthe.

Simon, un large sourire aux lèvres, était heureux. Il avait compris que s'il avait eu droit à ce cri du cœur de son père c'est que celui-ci l'avait jugé capable de tout comprendre. Il avait grandi en quelques minutes. Il se redressa, regarda Aurélien droit dans les yeux et murmura : promis papa.

- Tu vas rester quelques jours chez grand-père, le temps de l'hospitalisation de maman et moi je vais mettre les bouchées doubles au travail pour pouvoir me libérer et je te jure que je prépare une belle surprise pour ton anniversaire.

Simon dissimula sa gêne, lui qui pensait injustement que tout le monde avait oublié son anniversaire.

X- Les bonnes nouvelles ont des ailes

Berthe reçut d'une manière inattendue des nouvelles de sa sœur. Une missive rapportée d'Espagne par une touriste espagnole venue visiter l'arrière-pays provençal. Les bonnes nouvelles ont des ailes, soupira-t-elle !

« Ma très chère Berthe, tu n'as plus eu de mes nouvelles car les difficultés de la vie nous ont obligés à quitter le pays. Bien souvent, j'ai eu envie de t'écrire mais je n'ai jamais osé, par amour propre ou par fierté. Sache que je ne t'en ai jamais voulu de ne pas avoir assisté à mon mariage. Mimile lui n'a plus voulu entendre parler de toi. Ah les hommes ! Au bout de quelques années, son patron ne gagnant plus d'argent dans son exploitation, l'a licencié. Mimile sans emploi, moi enceinte, il nous fallait réagir. Par chance, son meilleur ami lui a proposé en association, la création d'une entreprise. Ils ont monté en Espagne, pour des raisons de trésorerie, une très belle affaire de négoce de fruits et de légumes. Puis sonna l'heure de la retraite avec son cortège d'ennuis. Il a perdu son entrain. Il fumait beaucoup. Beaucoup trop. Il fuma davantage comme pour hâter un processus inexorable. Ses poumons petit à petit s'enfumèrent à la même vitesse que ses cigarettes grillaient. Une dernière cigarette l'a pris de vitesse et l'emporta dans une dernière quinte de toux. Je suis seule. Ma fille vit au Canada avec ses enfants, il n'y avait pas de

débouché pour elle ici. Je n'aime pas Montréal, il y fait trop froid en hiver, et vivre en sous-sol quand on est né dans le Sud de la France est inenvisageable. Tu imagines la différence avec Tourrettes ? Tourrettes et toi me manquez tant ! Je reviens au Pays, je veux y vivre ma vieillesse avec quiétude. Je n'ai plus que toi et je voudrais te retrouver. J'oubliais de te dire que Rémi notre frère ainé, après son divorce, est allé rejoindre ma fille au Canada où il s'est remarié. Heureusement que Mimile, très prévoyant, m'a laissée à l'abri du besoin, me permettant de revenir chez nous.

Ta sœur Gaby

Berthe reposa la lettre, ôta ses lunettes et un brin superstitieuse, se demanda pourquoi, d'un seul coup, tous les bonheurs déboulaient en même temps. Il fallait qu'elle en parle à Charles ainsi qu'à Aurélien pour qu'il arrête ses recherches. Il lui vint brusquement à l'esprit que sa sœur ne lui demandait pas de réponse, ni son avis, et ne s'inquiétait pas non plus de savoir si elle avait envie de la recevoir. Elle allait venir tout simplement parce qu'elle avait décidé qu'il était temps de se retrouver à présent qu'elle était seule. Berthe grimaça. Elle souffrit un peu qu'il ait fallu le décès de son beau-frère pour... Mais Berthe n'était pas de la trempe des rabat-joie. Elle se secoua et affirma à haute et intelligible voix, comme pour asseoir sa victoire :

- *Ma Berthe, prends le bonheur quand il t'arrive et vis ta nouvelle vie avec triomphe ! C'est aujourd'hui toi qui vas avoir un mari et Gaby qui n'en a plus. Le soleil a tourné et à présent il t'inonde, tu ne vas pas le bouder. Match nul et vive la fraternité !*

Il fallait préparer la maison pour le retour de Gaby, l'anniversaire de Simon, le mariage et l'arrivée du bébé. Tout le monde s'en donna à cœur joie. Les choses se précipitèrent et dans le désordre. L'effervescence était à son comble lorsque le bébé donna en premier lieu des signes de son impatience. La Vie reprit ses droits et naquit prématurément Noëlla. Était-ce une erreur de calendrier ? Le bébé n'avait rien d'une prématurée. Une magnifique petite fille, chevelue et remuante. En deuxième lieu, au bord du Lac de Saint Cassien s'en suivit l'anniversaire de Simon. Aux précédentes rêveries d'Aurélien il fallut ajouter le landau et Noëlla, sa petite puce. Qu'à cela ne tienne ! Aurélien s'activa pour que ce jour soit mémorable dans les souvenirs de Simon. Bernadette arriva la première. Elle offrit une petite boîte joliment enrubannée et perforée sur le dessus à Simon qui l'ouvrit intrigué. Un petit chien lui sauta à la figure. Simon hurla de plaisir. Bernadette lui glissa à l'oreille son secret gardé jalousement pour la circonstance : Noëlla va avoir un petit camarade de jeu dans quelques mois. C'est un véritable miracle ajouta-t-elle. Là où la science avait échoué, la nature avait parlé. Peut-être était-ce lui qui lui avait porté chance ? Elle rougissait sous le regard appuyé de Simon sur son ventre. Il n'était pas sûr d'avoir bien compris. Décidément les histoires des grandes personnes étaient bien compliquées. Grâce à lui ? Ben pourquoi pas après tout !

- Mais tu seras toujours mon jeune ami et tu viens à la maison quand tu veux.

Grand-père tendit triomphalement une belle canne à pêche à Simon qui ne put réprimer une grimace. Aurélien vit se dessiner sous les traits de Simon grimaçant le portrait craché de « Pa ». Il sourit en même temps que Charles. Léa lui dessina un cœur rouge sang percé de deux flèches et signé les amoureux de « Peyret ». Elle avait fait exprès pour entendre Simon lui crier les amoureux de « Peynet ». La maligne. Berthe lui avait tricoté un pull qu'il ne porterait jamais car elle avait vu un peu juste. Simon est un sacré gaillard et le guide de « Modes et Travaux » l'ignorait.

Charles et Aurélien pêchèrent de magnifiques carpes que Simon voulut impérativement qu'on relâche dans le lac. Aucune compétitivité entre « Pa » et « fils », une complicité naissante les unissait en douceur.

Aurélien ne put s'empêcher de poser la question qui le taraudait depuis son retour :

- Qu'est devenue Giulia « Pa » ?

Charles grimaça. Il n'avait aucune envie de gâcher un moment aussi fort. En même temps c'était le dernier verrou à faire sauter.

D'un ton presque aphone, il lui raconta que Giulia, quittée par son mari, alla rejoindre une mission, en quelque sorte pour se racheter. Elle se réfugia dans un orphelinat à Jérusalem et y mourut entourée d'enfants.

- Comment l'as-tu appris ?

- J'ai reçu un appel téléphonique de la mère supérieure de l'orphelinat qui m'a annoncé son décès et ses dernières paroles étaient pour moi : *« dites à mon frère de me pardonner ».* Une seule chose comptait pour moi, te retrouver. Aujourd'hui c'est chose faite. Allez on oublie !

Ensuite Berthe reçut en grande pompe sa sœur Gaby. Elles pleuraient comme deux gamines, se touchaient pour être sûres de ne pas rêver, s'embrassaient, puis riaient, puis se retouchaient. Petites elles étaient pudiques et elles se jalousaient un peu.

Gaby et Berthe confectionnèrent à quatre mains le joli tailleur en soie crème que porterait la mariée le jour des noces. Une voilette piquée de violettes couvrirait ses cheveux gris tirés en chignon. Cette fois, oublié le vilain chapeau surmonté d'une chaussure de la Saint Valentin. Elles se taquinaient, Gaby piqua les mollets de Berthe en prenant les mesures de la hauteur de la jupe, Berthe lui envoya une ruade telle une jument agacée. Leurs fous rires s'entendaient depuis la place où Gustave somnolait, indifférent à tout ce remue-ménage. Chaton en perdait son latin, affolé par les rires et les cris. Plus personne ne s'intéressait à lui, mis à part Berthe qui lui remplissait sa gamelle. Il miaulait, plaintif, griffant le pantalon de Charles.

Nonobstant, la plus belle surprise vint de Charles. En cachette, et ce n'était guère facile car Berthe était constamment dans ses jambes à lui demander son avis pour un oui pour un non, il reprit du service et lui fabriqua une jolie paire de chaussures de la même couleur que son tailleur. Pour la pointure, le jour de la pêche au Lac de Saint Cassien, Simon et Léa, mis dans la confidence, firent mine de cacher les chaussures de Berthe pour la taquiner. En vérité, Léa dessina sur une feuille de papier blanc apportée pour la circonstance, le contour de la chaussure. Elle plia prestement le gabarit dans sa poche. Le reste ne fut plus qu'une question de dextérité pour notre cordonnier. Toutes ces cachotteries l'exaltaient. Berthe allait en faire une tête ! Il en riait d'avance.

Quelques jours avant la date fatidique, avant le grand oui tant attendu par Berthe, tout le monde fut réuni pour finaliser la fête. Léa qui n'en ratait pas une, demanda à pépé Charles s'il avait acheté une bague de fiançailles avec les amoureux de Peyret pour Berthe. Simon éclata de rire et rectifia :

- de Peynet. Tu es bête ou quoi ?

Léa haussa les épaules, boudeuse. Cette fois sa langue avait fourché sans le vouloir.

Charles vint à sa rescousse.

- Non Berthe n'aime pas les bagues. Regarde elle n'en porte jamais mais j'ai pensé à un meilleur cadeau. Simon va le chercher dans l'atelier.

- Non « Pa » vas-y toi, tu officialiseras ainsi ta demande, s'écria Aurélien.

Berthe commençait à s'impatienter. C'est quoi toutes ces simagrées ? Qu'est-ce qui se passe ? Officialiser quoi ? Que fallait-il de plus ? Dans quelques jours ils passeraient devant le maire, mais finalement qu'est-ce que cela allait changer ? Un peu quand même lui rétorquèrent fermement les hurlements de Noëlla. Berthe se précipita pour la récupérer et la bercer, sous le regard attendri des parents.

Charles se leva, alla dans son atelier. Il s'assit, les jambes un peu tremblantes. Il était ému. Il lui manquait quelqu'un. Il s'approcha de la fenêtre, leva les yeux au ciel et murmura :

Merci ma Noëlle, merci d'avoir tout fait pour que nous soyons enfin tous réunis. Tu as toujours été présente à chaque moment important. De tout là-haut tu as veillé pour que ce jour arrive enfin. Personne ne te remplacera, Berthe c'est mon amie de cœur, toi tu étais mon unique amour.

Il renifla bruyamment, récupéra la jolie paire de chaussures qu'il offrit à Berthe qui n'en crut pas ses yeux.

- Si je comprends bien vous étiez tous au courant, sauf moi, dit-elle sur un ton de fanfaronnade pour cacher son émotion. Bravo on commence notre vie en commun par des cachotteries. Bon je garde mes larmes pour Monsieur le Maire. Il fait soif, vous ne trouvez pas ? Un peu de liqueur de citron ?

- Ah non ! Garde aussi ta liqueur de citron pour le maire et les invités. Champagne pour tous, hein Aurélien ?

- Juste une coupe alors répond-il devant le regard inquiet de Iéléna.

Ouf ! La crise émotionnelle fut gérée avec panache. Le soulagement se lisait sur toutes les lèvres. Même Noëlla eut droit à une goutte de champagne qui la fit grimacer. C'était une manie dans la famille.

Huit jours plus tard, le maire discourut avec beaucoup de délicatesse et d'amitié pour les futurs époux qu'il connaissait depuis toujours. Tout le village était présent au grand complet. Un franc OUI des mariés secoua les murs de la mairie. Des pétales de roses furent lancés à la volée par Simon et Léa adorable en demoiselle d'honneur.

À l'encoignure de la porte de la salle de mariage, Gérard et pépère attendaient qu'on les invite à entrer.

"À Gustave", au pied duquel la fête aura lieu. Gustave l'ami de tous.

Parfois la parole est couleur miel
Parfois la parole est saveur fiel
Parfois la parole est larmes
Parfois la parole désarme

Parfois la parole dit tout
Parfois la parole ne dit rien
Parfois la parole se noue
Parfois la parole soutient

Il y a des paroles dans les yeux
Qui vous sourient bienheureux
Il y a des paroles dans le regard
Qui vous parlent sans égard

Il y a des mots qui touchent
Il y a des mots qui font mouche
Il y a des mots souches
Il y a des mots farouches

Il y a des mots qu'on n'entend pas
Qui sourds et muets déambulent
Dans la bouche en bulles
Et s'évanouissent sans fracas

Il y a des paroles qui brisent
Qui viennent se fracasser
Dans les sentiments en crise
Sans douceur, sans aménité

ET ...

Il y a les paroles qui surgissent
Dans une vague étourdissent
Dans un mouvement déferlant
Dans un corps à corps dépendant

Alors comment tout dire
Dans un cri dans un soupir
Sans pudeur et avec ferveur
Pourquoi bat si fort le cœur ?

******

« *À Berthe* »

« Il n'y a pas d'enthousiasme sans sagesse, ni de sagesse sans générosité » de Paul Éluard

Certains silences sont plus agressifs
Qu'une salve de mots explosifs.
Comment ne pas en souffrir
Il faut juste s'en prémunir.

Se préparer à l'absence, à l'oubli, à l'indifférence
Ou tout simplement au temps qui passe en silence
Juste se dire « pas grave » demain peut-être
Chasser l'orage en ouvrant grand sa fenêtre.

Juste garder son optimisme, son assurance
Juste garder sa certitude, sa vaillance
Et lorsque le silence soudain se tait
Et que le bruit en vacarme renait

Alors s'installera le bonheur attendu
Avec cet amour porté aux nues
Avec le cœur qui bat la chamade
Et dans les yeux des étoiles en cascade.

*****

« À Charles »,

« Agis d'abord selon ton existence, et le reste en fera le bilan »

Ne vivre que dans le souvenir
Ne vivre qu'en refusant l'avenir
Ne pas vouloir regarder en face
Que sous les pieds fond la glace

La vie envoie ses ardeurs
Son soleil et ses rondeurs
Le papillon caresse les fleurs
Le ciel brille de mille couleurs

À l'aube les promesses se profilent
En tissant leur toile azurement
Le bonheur attend patiemment
Que le cœur plus jamais ne se défile

« À Aurélien »

« Si on ne peut avoir la réalité, un rêve vaut tout autant » de Ray Bradbury

Et si le rêve permettait d'espérer qu'un jour il devienne réalité ?
Et si grâce au rêve, tellement inaccessible devienne accessible la réalité ?
Se réfugier dans son monde imaginaire pour trucider ses vieux démons
Se libérer du joug de la réalité en se fondant dans un rêve vagabond.

Alors oui, tout se fond, tout s'émulsionne,
Alors oui, tout se confond, tout s'additionne,
Alors oui, la vie semble plus légère
Même pour un temps éphémère !

Qui n'a pas un jour buté sur sa réalité ?
Qui n'a pas un jour porté sa rébellion ?
Au point de vivre par procuration
Dans sa propre vie, son rêve fantasmé ?

Et si le rêve faisait grandir ?
Et si la réalité pouvait abolir
Cet esclavage de la mémoire
Alors le rêve devient espoir.

Alors oui, tout se fond, tout s'émulsionne
Alors oui, tout se confond, tout s'additionne !

Épilogue :

Cette romance aux accents « pagnolesques », auteur qui m'a tant inspirée, après bien des mois de travail, de patience et de passion arrive à son heureux dénouement. Elle ne m'appartient plus. Elle est à vous lectrices, lecteurs.

Cette histoire est fictive.

Seuls le village, le Château, Chaton et Gustave existent.

Existent aussi Pépé Charles, Berthe, Simon, Aurélien et les autres. Bien évidemment.

Qui un jour ou l'autre n'a pas rencontré dans la vie de tous les jours des hommes et des femmes au cœur si généreux ? Des fratries déchirées puis réconciliées ? Des enfants en quête d'identité et prêts à tout pour retrouver leurs racines ?

La vie à Tourrettes n'était pas facile, les événements se sont déchaînés, puis le temps a joué son rôle de rassembleur en cicatrisant les plaies.

Finalement l'amour a su s'imposer.

Le bonheur des autres est un peu notre bonheur à nous aussi.

Imprimé sur papier **Clairefontaine** fabriqué dans les Vosges.

Achevé d'imprimer sur les presses de l'imprimerie
Centre Littéraire d'Impression Provençal
www.imprimerieclip.fr
contact@imprimerieclip.fr